Von der Schlampe zum Millionär

Doris Parrado

Schweitzerhaus Verlag
Schrift * Wort * Ton
Karin Schweitzer e.K.

Ginsterweg 18 40699 Erkrath
Telefon 02129 31152
eMail: info@schweitzerhaus.de

Satzlayout und Umschlaggestaltung:
Karin Schweitzer, Erkrath

Gedruckt in Deutschland
Papier FSC zertifiziert

Besuchen Sie uns im Internet:
www.schweitzerhaus.de
Auflage 2013
ISBN: 978-3-86332-006-5

SV

Dieses Buch widme ich meinen Kindern.
Sie füllen jeden meiner Tage mit Sonne.
Danke, dass es euch gibt!

Inhalt

Natascha Milauf geht zum Briefkasten. Zwischen Werbung und Rechnungen fällt ihr ein Briefkuvert auf, weil die Tinte ein wenig verwischt ist. Die Absenderin ist ihr unbekannt. Rätzelnd betritt Natascha ihr Büro und öffnet den Brief.

Sehr geehrte Frau Milauf,

vorletztes Wochenende habe ich Ihr Training besucht und bin beeindruckt von den Inhalten und den Übungen! Jedoch glaube ich, Sie haben nicht die leiseste Ahnung, worüber Sie reden. Es macht auf mich den Eindruck, dass da kein Fundament vorhanden ist, dass Sie gar nicht wissen, was Armut und Entbehrung bedeuten! Dass Sie nur mit dem Kopf dabei sind und nicht mit dem Herzen. Leben Sie denn so, wie Sie es uns gelehrt haben? Ich bezweifele es.

Sie haben eine tolle Familie und ein großes Haus. Ihr Partner ist vermögend und auch Sie machen nicht den Eindruck finanzieller Not!

Ist es möglich, dass Sie den Bezug zur Realität verloren haben? Es hört sich nicht echt an, angelesen aus Büchern, ohne Fundament, keine Praxis.

Die Theorie, die Sie uns versuchten beizubringen, das klingt gut, aber wie setzt man es in die Tat um? Wie erschaffe ich aus mir einen neuen Menschen? Erlebt habe ich bisher nur Leid. Ich habe drei Kinder von zwei Männern und wurde mit dem Dritten im Bauch sitzen gelassen. Sie sagen, wir sind Urheber unseres Lebens und ich würde am Ergebnis sehen, was meine Absicht war. So? Sie glauben also, ich wollte sitzen gelassen werden?

Sie sagten: „Schenke dem Leben ein Lächeln und es lächelt zurück!“ Wie denn? Schwanger, ohne Zukunftsperskektive!

Gestern hing mein Auto am Haken des Abschleppwagens, und ich probierte diesen wunderschönen Satz aus. Ich lächelte den

Ordnungshüter freundlich an und bat ihn, den Wagen wieder vom Haken zu nehmen. Mürrisch teilte er mir mit, dass, wenn ich mein Auto zurückhaben wolle, es über 200 Euro kostet!

Ich suche nach dem Sinn, nach der Daseinsberechtigung in diesem Leben.

Vielleicht sollten Sie glaubhaft versichern, dass sie wissen, worüber Sie reden?

Soft Skills[1] als Schlüssel des Erfolges?

Jemand, der mit dem goldenen Löffel im Mund geboren wurde, kann nicht so großes Vertrauen bei denen vom Leben gebeutelten Menschen erwecken!

Herzlichst
Ihre
Anna Sonnentag

1 Soziale Kompetenz (englisch social skills), häufig auch Soft Skills genannt, ist die Gesamtheit persönlicher Fähigkeiten und Einstellungen, die dazu beitragen, individuelle Handlungsziele mit den Einstellungen und Werten einer Gruppe zu verknüpfen und in diesem Sinne auch das Verhalten und die Einstellungen von Mitmenschen zu beeinflussen. Soziale Kompetenz umfasst Fertigkeiten, die für die soziale Interaktion nützlich oder notwendig sind.

Natascha legt sich, den Brief noch in der Hand, zurück und schaut an die Zimmerdecke. Gedanken wirbeln durch ihren Schädel.

Dass sich die Menschen immer als Opfer fühlen müssen. Wo wäre ich jetzt, wenn ich nicht gelernt hätte, mein Leben selbst in die Hand zu nehmen? Ich habe gekämpft und habe nichts erreicht. Ich habe losgelassen und alles fügte sich. Und warum kommt das bei den Kursteilnehmern nicht an? Was kann ich an meiner Arbeit verbessern, dass es begreiflich wird, dass wir unsere Realität selbst erschaffen? Als erstes brauchte ich Mut, genau hinzusehen und dann noch einmal Mut, um mein Leben zu ändern, als es gerade aus dem Ruder lief und ich nur noch Schadensbegrenzung machen konnte. Ja, es gehörte wahrhaftig eine große Portion Mut dazu und als ich den Mut gefunden hatte, war es leicht, denn ich hatte Unterstützung, Unterstützung von Menschen, von denen ich es nie vermutet hätte.

Ich werde meine Geschichte aufschreiben, ein Buch daraus machen. Ja, genau! Ich schreibe ein Buch! Dann kann ich solchen Briefeschreibern dieses Buch schenken und sie werden aufhören, sich als Opfer zu sehen, werden feststellen, dass sie ihr Leben selbst gestalten und es in der Hand haben, auch mit einem goldenen Löffel zu essen. Mein Leben verlief entwürdigend, ich bin durch die Scheiße gewatet, habe Armut und Hunger, Prügel und Gewalt kennengelernt. Ich habe es dennoch geschafft! Mit eisernem Willen und dem Ziel vor Augen, mein Leben in den Griff zu bekommen, zu lernen, und andere Menschen zu unterstützen.

Der Ritter auf einem weißen Pferd

Natascha Milauf wurde 1971 als zweites Kind in eine Welt hinein geboren, in der es nicht viel Liebe gab. Die Eltern hatten nicht viel Zeit für ihre Kinder, denn sie mussten hart arbeiten, um die Familie zu ernähren. Natascha war von Anfang an ein Rebell, sie versuchte auf jedwede Weise die Aufmerksamkeit ihrer Eltern und ihrer Schwester auf sich zu lenken. Dadurch bekam sie keine Zuwendung positiver Art, sondern ihre Eltern versuchten, durch Schläge, Verbote und Stubenarrest, ihren Willen zu brechen. Ihr Geschenk zu ihrem sechzehnten Geburtstag war die Umsiedelung in ein Haus voller Jugendlicher mit vermutlich strengen Betreuern, *betreutes Wohnen*. Die Mutter sah sich nicht mehr in der Lage, Natascha zu erziehen und gab ihre Tochter in die Obhut des Jugendamtes. Natascha erfuhr zu dieser Zeit, dass der Mann, den sie als Vater angesehen hatte, nicht ihr leiblicher Vater war.
Dort lebte Natascha in einer Wohngemeinschaft und fortan war das Jugendamt ihre Anlaufstelle. Sie hatte großes Glück, denn die Betreuer waren alle sehr nett. Auch zu den anderen Jugendlichen knüpfte sie zuerst sehr misstrauisch, später jedoch mit Vertrauen Kontakte. So lernte sie auch ihre später beste Freundin Monika kennen. Im Laufe der Zeit lernte Natascha, sich mit den Jugendlichen auseinander zusetzen und auch ihren Standpunkt ohne Emoti-

onen zu vertreten. Aus dem bockigen Kind wurde eine kleine Persönlichkeit, die wusste, was sie wollte.
Ihr großer Traum war es, in die Welt hinaus zu ziehen, um das Glück zu finden.
Sie träumte von einem edlen Ritter mit einem weißen Pferd und er würde sie in sein Schloss holen, heiraten und sie würden in Erfüllung und Freude bis zu ihrem Tod zusammen bleiben.
Sie wollte keinen Mann, der so war wie ihr Stiefvater. Ihn verachtete sie für seine Gewaltausbrüche, seinen immensen Alkoholkonsum, seine emotionale Abgestumpftheit. Damals wusste sie noch nicht, dass sie all dies auf andere Männer projizierte. Wie sollte sie da ihren Traumprinzen kennenlernen?

Als sie volljährig wurde, konnte sie ausziehen und nahm sich eine kleine, aber feine Wohnung. Sie genoss es, in ihrem eigenen Reich zu wirtschaften. Sie fühlte sich großartig, so als könne sie die ganze Welt aus den Angeln heben.
Ihre Ausbildung zur Einzelhandelskauffrau hatte sie einfach abgebrochen, und arbeitete als Aushilfskraft in einem großen Kaufhaus. Abends ging sie mit den Kolleginnen hin und wieder zum Tanzen aus oder auch nur zu einem Cocktail für die nötige Bettschwere.
An einem Samstagabend traf sie ein Blitz bis ins tiefste Innere. Seine Augen, so blau, seine Haare, so

schwarz, sein Körper so groß und muskulös, so redegewandt, sie konnte nicht mehr klar denken. Die Schmetterlinge hatten die Oberhand gewonnen, sie lief wie auf Watte und ihr ganzer Körper vibrierte. Sein Name war Steve Miller. Es war Liebe auf den ersten Blick und sie ging mit ihm, in dieser Nacht und erblühte zur Frau.

Die besten und schönsten Dinge dieser Welt kann man weder sehen, noch berühren.
Nur das Herz kann sie wahrnehmen.
Helen Keller

Natascha muss lächeln, als sie an diese Nacht denkt. *Wie naiv ich doch damals war. Keine Ahnung vom Leben, aber ein Herz voll mit Liebe und Sehnsucht und bereit mich für ihn zu opfern. In jeden Winkel der Erde wäre ich ihm gefolgt, nur um bei ihm zu sein, das war mir wichtig. Er trug mich auf Händen, machte Frühstück, weckte mich mit den zärtlichen Worten: Meine Prinzessin, das Frühstück ist fertig!* Wieder lächelt Natascha still vor sich hin. Es sind schöne Erinnerungen. *Und wie er mich küsste, meine Knie wurden weich und ich musste mich an ihn klammern, um nicht zu fallen. Jeder Kuss, jede Berührung hinterließ eine heiße Spur auf meinem Körper. Meine Schmetterlinge flogen in meinem Bauch wild durcheinander. War das eine Zeit. Und der Sex war einfach göttlich. Hingabe, Verschmelzung, leidenschaftliche Vereinigung. All dies berauschte mich und machte mich trunken. Trunken vor Glück und Glückseligkeit. Damals wünschte ich, dass sie niemals enden sollte. Aber nach einem Rausch kommt der Kater. Und der Kater brachte schlechtes Karma[2]!* Natascha ist ein bisschen traurig, denn sie wurde, als sie sich mitten im siebten Himmel befand, und die Welt aus den Angeln gehoben hätte, jäh aus ihren Träumen gerissen.

Steve war ein gewissenloser Macho, der mir eine Weile eine heile Welt vorgespiegelt hatte. Oh, Mann. Wie kann man sich nur so verstellen? Oder war er gar eine gespaltene Persönlichkeit? Natascha zuckt mit den Schultern. *Ist ja auch egal. Es war eine schöne und schreckliche Zeit und ich bin froh, mich aus meiner Beziehungssucht befreit zu haben.*

Natascha steht auf, streckt ihre Glieder, gähnt herzhaft, und wandert durch ihr Wohnzimmer. Es ist ein schönes Wohnzimmer, sie selbst hat es nach ihren Wünschen eingerichtet. Sehr geschmackvoll die dunkle Bücherwand, dazu das mit rotem Büffelleder bezogene Sofa, einen echten Orientteppich mit langem Flor und diverse Utensilien, die sie von ihren Reisen mitgebracht hatte. Ja, Natascha fühlt sich in diesem Haus sehr wohl. Sie beendet ihren Rundgang, bleibt stehen und denkt wieder an die Zeit mit Steve.

2 Karma bezeichnet ein spirituelles Konzept, nach dem jede Handlung – physisch wie geistig – unweigerlich eine Folge hat.

Zu ihrer nächsten Verabredung brachte er eine Flasche Sekt und frische Erdbeeren und seinen Hund Sherry mit. Irgendwann hatte Natascha erwähnt, dass sie Erdbeeren unglaublich gerne isst und Hunde über alles liebt.
Sie gingen am Wasser spazieren. Ein romantischer Sonnenuntergang begleitete die beiden Verliebten. Sie dachte, *er kann tun was er will, ich finde alles großartig, sogar wenn er pupst.* Natascha kicherte in sich hinein.
Nachdem sie auf dem Rasen ein schönes Plätzchen gefunden hatten, breitete Steve eine Decke aus und bat Natascha Platz zu nehmen. Ganz Kavalier setzte er sich zu ihr, nahm eine Erdbeere, hielt sie am grünen Blatt, blickte ihr in die Augen und steckte Sie in ihren Mund, damit sie abbeißen konnte.
Sie sahen sich an, versanken in den Augen des Anderen und da war nur noch eins: Küss mich! Steve stellte die Erdbeeren beiseite, nahm Nataschas Kopf in seine Hände und küsste sie. Alles drehte sich. Wow, der eine Kuss sollte der Beginn eines neuen Lebens sein.

Am nächsten Tag holte er Natascha von der Arbeit ab. Durch ihren Job als Verkäuferin hatte sie immer genug Geld, sich neue Kleidung zu kaufen. Und sie war immer top aktuell gekleidet. Steve genoss es sichtbar, so eine attraktive Freundin zu haben.
Natascha und Steve verbrachten jede freie Minute

miteinander, Steve arbeitete nur am Wochenende in der Diskothek bis spät in die Nacht und Natascha ging der geregelten Arbeit im Kaufhaus nach.

«Du, meine Prinzessin, willst du zu mir ziehen? Es wäre doch toll, wenn wir morgens zusammen aufwachen!»

Natascha freute sich. «Super, ja, ich will mit dir zusammen leben. Ich rufe Monika an. Sie hilft mir bestimmt beim Packen!»
Ausgelassen tanzte Natascha um Steve herum. Der schnappte sie sich und küsste sie leidenschaftlich.

Und Monika half Natascha beim Packen, sie waren so aufgekratzt, scherzten und freuten sich beide für Nataschas Glück.
Sie beluden Nataschas Auto und als sie in den Rückspiegel blickte, sah sie ihre Freundin Monika, winkend am Straßenrand stehen. Natascha konzentrierte sich auf den Verkehr und tuckerte mit breitem Grinsen zu ihrer großen Liebe.
Er begrüßte sie an der Eingangstür, nahm die Taschen entgegen, stellte sie im Flur ab, drückte sie an die Wand und küsste sie leidenschaftlich. Er streifte ihr T-Shirt hoch und küsste ihre Brust. Laut stöhnte Natascha auf und genoss seine Berührungen. Mit beiden Händen hob er ihr Becken an und sie verschmolzen miteinander.

Er kam nach wenigen Minuten und er schaute Natascha erwartend an. Sie stöhnte laut und zuckte unter seinen Bewegungen. Sie liebte die Körperlichkeit mit ihm, doch war sie völlig unerfahren und bekam keinen Orgasmus.

Natascha hört auf zu tippen: *Ist das nicht zu krass ausgedrückt? Ich weiß zwar, dass es einer Menge Frauen so geht, soll ich das in meinem Buch thematisieren? Desillusioniert das nicht die Männer? Ach, ich weiß nicht. Sollen sie doch die Wahrheit wissen, dann sind sie vielleicht ein bisschen einfühlsamer und passen auf, dass wir auch zu unserem Höhepunkt kommen! Ich muss unbedingt eine Pause machen, das Tippen strengt doch sehr an.*
Natascha streckt sich, gähnt und lehnt sich zurück. *Was habe ich diesen Kerl geliebt, mein Verstand war nicht mehr meiner und ich dachte nur noch mit meinem Herzen. Damals wusste ich noch nicht, was mich erwartet. Ich sollte eine Welt mit Lug und Trug kennenlernen. Und ich war so unglaublich froh, dass so ein toller Mann wie Steve mich liebte. Mich interessierte auch nicht seine Vergangenheit. Die hat jeder, doch er sollte seine Chance bekommen.*

Schnell hatte Steve die Habseligkeiten von Natascha verstaut und die beiden lebten nun wie ein richtiges Ehepaar.

Nach vier Monaten änderte sich alles. Natascha frühstückte mit Steve, sie unterhielten sich.
Natascha erklärte beiläufig: «Heute treffe ich mich mit meiner Freundin Monika und ihrem Freund Fred. Du hast doch sicher nichts dagegen, oder?»
Steve wurde laut: «Du gehst da nicht hin! Du willst doch bloß mit diesem Fred ficken! Ich hab genau gesehen, wie du diesen Typen auf ihrem Geburtstag angeguckt hast.»
«Du hast ja ne Meise! Das ist der Mann von meiner Freundin!»
Jetzt brüllte Steve: «Du verdammte Schlampe! Du fickst doch mit jedem, der nicht schnell genug den Baum rauf klettern kann! Und ich glaube dir nicht, dass deine Freundin dabei ist!»
Natascha lachte ihn aus: «Spinnst du? Was ist dir über die Leber gelaufen? Brüll weiter, du benimmst dich wie ein eifersüchtiges Kleinkind! Ich bin wohl in den falschen Film geraten!»
Natascha wollte gerade den Rest ihres Brötchens in den Mund schieben, als seine Hand mitten in ihrem Gesicht landete. Ihre Nase begann sofort zu bluten und sie spuckte Blut.
«Das wirst du nicht noch einmal tun!»
Krachend fiel der Stuhl um, als Natascha aufsprang, eilig durchquerte sie die Wohnung, schnappte sich den Autoschlüssel und ihre Handtasche, stürmte die Treppen hinunter, rannte zu ihrem Auto, sprang voller Angst hinein und wollte starten, um zu ihrer

Freundin zu fahren. Steve aber war ihr gefolgt, legte sich flach auf die Motorhaube und flehte sie an nicht zu fahren. Nun beging sie den größten Fehlers ihres Lebens. Sie kletterte aus dem Auto und sah ihn an.
«Bitte Natascha, bleib hier, es tut mir leid. Kannst du mir verzeihen? Es wird nie wieder vorkommen! Ich weiß, dass es ein riesengroßer Fehler war, dich zu schlagen. Bitte, bitte, bitte, bleib!»
Mit diesen Worten kniete er sich vor sie nieder und senkte den Kopf, nahm ihre Hand und schaute ihr dann flehentlich in die Augen: «Ich hab doch nur dich!»
Natascha schwankte. War er nicht ihre große Liebe? War er sonst nicht der Beste aller Partner? Konnte sie ihm glauben, dass es eine einmalige Entgleisung war? Was war sie denn ohne ihn? Sie fühlte sich minderwertig und war froh ihn zu haben. Ein wenig schmollte sie noch und ließ Steve warten.
«Okay! Ich verzeihe dir!», antwortete sie resigniert. «Ich komme wieder mit dir nach oben!»
«Du bist ein Schatz. Du wirst sehen. Ich trage dich auf Händen und nie wieder schlage ich dich! Das verspreche ich hoch und heilig. Jetzt lass uns fertig frühstücken.»
Er umarmte Natascha stürmisch, hielt sie ganz fest und flüsterte ihr ins Ohr: «Du wirst das nie bereuen, ich liebe dich und ich will nicht ohne dich leben.»
Natascha und Steve gingen wieder nach oben.

Er nahm Rücksicht auf sie und Natascha erzählte Steve immer, wohin sie ging, sodass er nie mehr einen Grund haben sollte eifersüchtig zu sein. Doch es war ein Gefängnis, das immer enger wurde. Natascha traute sich nicht ihr eigenes Leben zu leben. Aber um nicht diese trügerische Stille zu stören, unterwarf sich Natascha seinen Regeln, er war doch ihr Prinz! Irgendwann würde er nicht mehr so eifersüchtig sein, wenn er merkte, dass er sich auf Natascha verlassen konnte.

Eines Tages klingelte es und Natascha öffnete die Tür. Vor ihr standen zwei Polizeibeamte.
«Guten Morgen, Frau ...?»
«Milauf.»
«Frau Milauf, wohnt hier ein Steve Miller?»
«Ja, er wohnt hier! Ist was passiert?»
Einer der Beamten schob sie zur Seite und beide gingen an Natascha vorbei. Fassungslos rief sie: «Meine Herren, so geht das nicht, Sie können doch nicht einfach so herein spazieren?»
Die Polizisten öffneten jede Tür und im Schlafzimmer stellten sie fest, dass Steve ausgeflogen war.
Das Adrenalin war in der Luft zu spüren. Sherry, Steve's Hund, bekam einen Tobsuchtsanfall, sah tatsächlich so aus, als hätte sie eine Polizeiallergie. Steve war verschwunden, Natascha war sprachlos darüber.
«Junge Frau, wir haben einen Haftbefehl und Sie

müssen uns sagen, wo sich Steve Miller aufhält!»
«Ich weiß nicht, wo er ist, ich dachte, er liegt im Bett!»
«Wenn Sie irgend etwas erfahren, bitte rufen Sie mich an.»
Der Polizist gab ihr eine Visitenkarte mit den nötigen Informationen, sie verließen grüßend die Wohnung und fuhren weg. Natascha rannte zu ihrem Handy und rief Steve an.
«Wo bist du?»
«Sind die Bullen weg?»
«Ja jetzt. Gegen dich liegt ein Haftbefehl vor, was soll die Scheiße, was hast du gemacht?»
«Geh mir jetzt nicht auf den Sack, du Schlampe, und mach die Tür auf!»
«Das ist ja wohl jetzt nicht wahr! Was hat der zu mir gesagt?», murmelte Natascha vor sich hin.
Noch blass von dem Vorfall öffnete Natascha die Tür. Steve schupste Natascha zur Seite und rannte an ihr vorbei.
Wo war der Mann, der mich mit der Erdbeere fütterte?
Steve war sehr nervös, er telefonierte mit seinem Kumpel, der ihm die Nummer eines Anwaltes gab.
Natascha weinte, die Angst schnürte ihr die Kehle zu, während Steve unablässig telefonierte.
«Trau dich bloß nicht, noch einmal den Bullen zu sagen oder zu zeigen, wo sie mich finden. Ich mach dich alle.»
Mit diesen Worten ließ er sie einfach stehen.

Natascha sah auf die Uhr. Seit Stunden war Steve verschwunden. Sein Handy war ausgeschaltet und er meldete sich auch nicht. Es wurde immer später und Natascha machte sich Sorgen.
Mit einem mulmigen Gefühl in der Magengegend zog Natascha sich an und machte sich auf die Suche. Immer wieder rief sie sein Handy an: «Guten Tag, dies ist die Mailbox von ...»
Wut und Enttäuschung wurden immer größer. Was sollte das? Was war das für ein Spiel?

Natascha hatte die Nase voll. Sie hatte zwar das ausdrückliche Verbot in die Diskothek zu gehen, wenn Steve Dienst hatte, aber heute war das einfach eine Ausnahme.
Natascha rief sich ein Taxi und ließ sich zur Diskothek bringen. Sein Auto parkte am Seitenstreifen. Natascha atmete auf. Im Eingangsbereich standen ein paar Leute. Natascha konnte seine Kollegen erkennen. Doch Steve sah sie nicht. Plötzlich erblickte sie einen Mann auf einem Barhocker. Dieser wurde von einem Türsteher angerempelt. Daraufhin schob Steve die Kleine, die halb auf ihm hing, zur Seite.
«Was soll denn die Scheiße, Steve?», brüllte sie. «Den ganzen Tag gehst du nicht an dein Handy, ich hab mir voll Sorgen gemacht und dann machst du hier mit der Tussi rum! Du bist doch echt Scheiße, Mann!»
Steve stand auf, seine Mine war versteinert. Eiskalte

Schauer liefen Natascha über den Rücken. Seine Augen blickten kalt und böse.
Er packte ihr langes Haar und schleppte sie ins Büro der Diskothek. Alle Leute standen still und schauten. Es fühlte sich an als würde die Musik aufhören zu spielen. Natascha stand neben sich und konnte nicht glauben, was sie sah.
Es war, als würde sie diese Szene von außen betrachten.
Natascha sah sich weinen, ihre Hände hielten sich an seinen fest. Zu stark war der Schmerz, an den Haaren gezogen zu werden.
«Setz dich dahin!», schrie er. Natascha ließ sich auf das speckige Sofa fallen. Er nahm sich einen Stuhl und setzte sich vor sie hin.
«Du kennst die Regeln!»
«Ja, ich weiß, doch ich hab mir Sorgen gemacht!», weinte Natascha.
Er wiederholte: «Du kennst die Regeln!»
«Was soll das? Ich war früher auch schon in dieser Disco! Und außerdem hast du diese verschissene Regel nur aufgestellt, um irgendwelche Weiber anzumachen!», keifte Natascha zurück. «Du bist doch total bescheuert, du armer Wichser.»
Mit voller Wucht klatschte Steve's Pranke auf Nataschas Kopf, sodass sich ihr Körper drehte und sie nur noch halb auf dem Sofa lag.
Mit beiden Händen hielt sie ihren Kopf.
Sie betete: «Bitte, lieber Gott, mach, dass jemand ins Büro kommt und mich befreit. Ich will hier weg.»

Natascha hatte höllische Angst.
«Siehst du, was du anrichtest? Wie kann man nur so doof sein.» Seine Stimme troff vor Sarkasmus. «Du solltest dankbar sein, dass ich mich mit dir abgebe. Sei doch froh, dass ich dich aufgenommen habe. Du solltest dich an die Regeln halten. Sonst werde ich mal andere Seiten aufziehen!» Seine Stimme vibrierte vor Zorn.
Die Minuten vergingen, Natascha hatte Angst, schreckliche Angst, dass er noch einmal zuschlagen könnte.
Plötzlich spürte sie seine Hand an ihrem Arm.
«Steh' auf!» Steve machte eine unmissverständliche Handbewegung. Natascha folgte seiner Anweisung. Diese Hand hatte sie schon so oft zärtlich berührt und nun hatte sie Angst vor dieser Hand. Er brachte Natascha zur Hintertür. Bevor sie los rennen konnte, hielt er sie noch eine Weile und sagte: «Du bist selber schuld, also gib niemanden die Schuld außer dir! Denk dran, ich liebe dich und meine es nur gut mit dir. Wenn ich nach Hause komme, bist du da, wenn nicht, sei dir sicher, ich finde dich!»
Natascha drehte sich traurig um und ging los, Schritt für Schritt und dann immer schneller. Irgendwann kam sie zu Hause an. Sie fühlte sich elendig.
Er meint es doch nur gut mit mir. Damit ich mir nicht so viel Sorgen mache. Und ich muss immer alles kaputt machen. Wieso habe ich das Gefühl, dass das alles nicht richtig ist? Ich weiß nicht einmal mehr, was ist richtig,

was ist falsch? Bin ich zu blöd, um zu begreifen, dass es Steve gut mit mir meint?
Zu Hause angekommen kuschelte sie sich tränenüberströmt ins Sofa. Ihre Seele war zerrissen. Ihr Kopf dröhnte. Dauernd kreisten ihre Gedanken um die junge Frau, die auf seinem Schoß gesessen und die er sicher geküsst hatte. Sie versuchte ihre Gedanken zu ordnen: sie wollte weg und sie wollte bleiben. Wen sollte sie um Rat fragen? Endlich fiel Natascha in einen unruhigen Schlaf, der von wilden Träumen durchzogen wurde.
Die Nacht endete, die Sonne ging auf und Natascha hörte sein Auto, das Motorengeräusch erstarb und sie hörte seine Schritte auf der Treppe, dann das Klacken der Haustür. Er war in der Wohnung. Natascha zitterte und ihr Herz schlug ihr bis zum Hals.
«Natascha!», rief er.
«Ja!», antwortete sie.
Er betrat das Schlafzimmer und legte sich zu ihr unter die Decke. Er streichelte ihre Brust und zog ihr das Höschen aus. Ihr Herz schlug ihr immer noch bis zum Hals.
Natascha wollte es nicht, doch konnte sie sich nicht wehren. Sie hatte Angst, dass er dann wieder ausrasten würde.
Langsam hob er seinen Kopf, er sah ihre Tränen. Unbeeindruckt ihrer Ablehnung, nahm er ihre Haare fest in die Hand und drang tief in sie ein.
Natascha wollte schreien, doch kam kein Ton aus ih-

rem Mund. Die Minuten dauerten gefühlte Stunden. Als er abspritzte und sich zur Seite rollte, wollte sie nur noch weglaufen.

Sie stellte sich unter die Dusche, wollte alles abwaschen, den Schmerz, die Tränen, seine Körperflüssigkeiten.
Wen sollte ich anrufen? Wer sollte mir helfen? Steve hatte recht, wer will mich schon? Wer wird sich so um mich kümmern? Wieso hielt ich mich auch nicht an die lächerlichen Regeln und wieso habe ich zu ihm gesagt, dass er bescheuert und ein Wichser ist? Ich habe es nicht anders verdient.
«Steve es tut mir leid.», hörte sie sich sagen. «Ich habe mir nur Sorgen gemacht. Du hättest doch nur kurz zurückrufen können ...»
Steve nahm Natascha in den Arm und drückte sie.
«Ist schon okay. Hoffe nur, so was kommt nicht mehr vor! So, Kleines, ich will jetzt schlafen.»
Den nächsten Tag meldete sich Natascha krank, mit solch einem Gesicht konnte sie nicht zur Arbeit gehen.

Stattdessen nahm sie sich heimlich Steves Handy und suchte die Telefonnummer des Anwaltes. Das Herz schlug ihr bis zum Hals. Sie leinte Sherry an und verließ mit dem Hund das Haus. Schnell lief sie in den Park, setzte sich auf eine Bank, die ziemlich verborgen zwischen den Bäumen stand und weinte.

Mittlerweile weinte sie viel öfter, als sie lächelte. Als sie sich gefasst hatte, rief sie Steve's Anwalt an und bat um einen Termin.
«Wenn Sie möchten, können Sie einen Termin gegen Mittag, um 14.00 Uhr haben.»
«Gerne», antwortete Natascha.
So lief sie noch eine Weile durch den Park, Sherry freute sich, dass sie mal wieder so richtig herumtoben konnte. Natascha hatte viel zu viel Angst nach Hause zu gehen, sie hatte einfach unglaublich viel Schiss, dass Steve aufwachen und sie fragen würde, wo sie denn hin will. Kurzentschlossen packte sie Sherry ins Auto, als es an der Zeit war, zum Büro des Anwaltes zu fahren.

Natascha hatte leichte Beklemmungen, als sie von der Empfangsdame in das Büro von Herrn Braun geführt wurde, überall dicke Teppiche, schwere Möbel und eine riesige Bücherwand. Herr Braun, der Anwalt, war sehr nett. Da aber Natascha nicht mit Steve verheiratet war, konnte er ihr nichts über den Haftbefehl und dessen Ursache berichten.
«Vielen Dank, Herr Braun, dass Sie sich Zeit für mich genommen haben und bitte, erzählen Sie Steve nicht, dass ich hier bei Ihnen war. Bitte!»
«Selbstverständlich, Frau Milauf, kein Wort wird meine Lippen verlassen.»
«Vielen Dank und auf Wiedersehen. Passen Sie auf sich auf.»

Natascha verließ das Büro und atmete erleichtert auf, als sich die schwere Eichentüre hinter ihr schloss. *Passen Sie auf sich auf, pfh, der hat doch keine Ahnung, wie es in mir aussieht.*
Während sie dem Ausgang zustrebte, hatte sie das Gefühl, dass ihr jemand folgte. Sie drehte sich blitzschnell um.
«Hallo Natascha, wie geht's dir? Was treibt dich denn in unsere Kanzlei?»
Natascha erholte sich schnell von der Überraschung. Tessa lächelte sie an und reichte ihr die Hand.
Tessa war eine Stammkundin im Kaufhaus und mittlerweile hatten sich Tessa und Natascha etwas angefreundet. Sie war eine fröhliche junge Frau und strahlte immer über das ganze Gesicht. Sie lebte früher in Kenia und war ihrem Mann zuliebe, mit nach Deutschland gekommen. Ihre weißen Zähne leuchteten.
«Hallo Tessa, ich war hier wegen meinem Freund. Arbeitest du hier?»
«Ja, schon seit ich hier in Deutschland bin. Das ist eine gute Arbeitsstelle. Ich hab wohl Glück gehabt», antwortete Tessa.
«Weißt du, was mit meinem Freund ist?»
Tessa wurde ernst und schaute auf den Boden. Sie räusperte sich: «Ich war gestern auch in der Diskothek und habe mitbekommen, was abging, tut mir voll leid, Süße. Verlass den Arsch, du hast was Besseres verdient.» Mitleidig betrachtete sie Nataschas blaues Auge.

Na super, was für ein Kaff! Schlechte Nachrichten verbreiten sich wohl ziemlich schnell! Wer weiß, wer das noch alles rum erzählt.
Traurig antwortete Natascha: «Nein, das kann ich nicht. Ich liebe ihn und habe Angst, wenn ich ihn verlasse, wird er mich finden. Und außerdem, wo soll ich hin?»
«Wolltest du meinen Chef fragen, was er für dich tun kann?»
«Nein, Steve ist euer Klient und ich wollte deinen Chef fragen, warum die Polizei ihn sucht! Aber leider kann er mir nichts sagen, weil wir nicht verheiratet sind.»
«Gib mir bitte mal deine Nummer, ich werde sehen, was ich für dich tun kann.»
Spontan umarmte Natascha Tessa und fühlte sich gut. Zu lange hatte sie das Gefühl gehabt, alleine zu sein.

Als sie zurück zum Auto kam, traute sie ihren Augen nicht.
«Was hast du denn gemacht?», brüllte sie. Hatte doch der Hund die Rückbank ihres Wagens zerpflückt. Sie flippte völlig aus. Ein Passant hielt an.
«Kann ich Ihnen behilflich sein?»
«Ja», brüllte Natascha, «ich schenke Ihnen diese Töle!»
Der Passant traute sich nicht zu lachen, zu wütend sah Natascha aus. Schnell ging er weiter.

«Steve? Bist du zu Hause?»
«Ja, was ist passiert?»
Sherry hat meine Rückbank aufgefressen!»
«Nicht dein Ernst?»
«Doch leider, bin in fünf Minuten da … Komm bitte runter und schau dir das an!»
Steve schlüpfte in seine Shorts und seine Pantoletten, zog einen Pullover darüber und ging zu Natascha ans Auto.
«Na, zum Glück bist du mit deiner alten Möhre gefahren und nicht mit meinem Auto!», feixte er.
Gemeinsam standen sie vor dem Auto und Steve lachte herzlich, zu witzig sah Sherry auf der total zerstörten Rückbank aus.
Natascha war es eigentlich nicht zum Lachen zu Mute, doch sie lachte schallend mit, nur damit Steve fröhlich blieb.
Noch am selben Abend, bevor er zur Arbeit ging, stellte Steve Nataschas Auto in ein Internetportal zum Verkauf. Natascha war damit nicht einverstanden, denn sie vermutete, dass sie nun noch mehr unter der Kontrolle von Steve stand. *Und mit ihm ein Auto teilen?*
«Wieso verkaufst du mein Auto? Ist doch nur ne kaputte Rückbank, die kann man doch austauschen!»
«Ich brauche Geld für den Anwalt! Das Geld, das wir durch den Verkauf deines Autos bekommen, brauche ich dringend. Ich kann dich ja fahren, wenn du wohin willst oder du fährst mit dem Taxi oder dem Bus.»

Während Natascha Steve's Worten lauschte, hörte sie ihr Handy in der Tasche klingeln. Schnell fischte sie es heraus und meldete: «Milauf, hallo!»
«Hallo Natascha, Tessa ist hier. Wann hast du Zeit? Muss dir was erzählen.» Natascha nahm ihr Handy mit in die Küche und flüsterte: «Ich bin morgen auf der Arbeit. Kommst du zur Mittagspause zu mir in den Laden?»
«Geht klar, Natascha, bis morgen. Schönen Abend noch.»
«Okay, bis morgen.»

In der Nacht konnte Natascha kaum schlafen. Zum Glück merkte Steve nichts von ihrer Unruhe.
Sie musterte die geschmacklose Tapete mit den riesigen Blumen und fragte sich, wer die je schön fand. Unruhig wälzte sie sich hin und her, bis sie in einen traumlosen Schlaf fiel.

Der Wecker klingelte und Natascha hatte den ersten Morgen ihres Lebens kein Problem damit aufzustehen.
Schnell machte sie sich fertig, eilig schlang sie ihr Frühstück hinunter und machte sich auf den Weg zu ihrer Arbeit.
«Frau Milauf, Sie schon da? Was ist denn mit Ihnen passiert?» Ihr Chef schaute sie mit großen Augen und einem Grinsen überrascht an.
«Wissen Sie, Chef, ich hatte heute echt Sehnsucht nach Ihnen.»

Natascha brachte gute Leistung und verkaufte sehr gut. Nur die Pünktlichkeit war ihre Schwäche. Und ihr Chef drückte immer wieder beide Augen zu. Natascha blickte ständig auf das große Zifferblatt der Uhr die über dem Eingang hing. Sie rechnete so ab zwölf Uhr mit ihrer Informantin. Ihr Bauch kribbelte. Sie konnte sich kaum konzentrieren.

Welche Informationen bekomm ich? Wird mir gefallen, was ich da hören werde?

Im Grunde wusste sie, dass die Neuigkeiten keine Guten sein würden. Zu viel sprach dafür, unter anderem ihr Bauchgefühl, und dem hatte sie immer schon vertrauen können. Nur in den meisten Fällen schaltet sich der Verstand ein, weil der das Wahrhaftige nicht wahrhaben will. Das Warten schlug Natascha auf den Magen, und sie musste sich übergeben. Als sie zurückkam, stand Tessa schon im Laden und wartete auf sie. Natascha schnappte sich ihre Lederjacke und die beiden zogen los.

«Hallo Tessa, komm lass uns gehen.»

«Hey, klaro. Natascha gehen wir zum Hexenkessel? Dort gibt's einen leckeren Mittagstisch.»

«Ist in Ordnung!» *Wie passend der Name doch wahr.* Doch sie wusste auch, dass sie keinen Bissen herunter bekommen würde.

«Natascha, ich habe keine guten Nachrichten. Steve ist mehrfach vorbestraft. Bevor ich es vergesse ...», unterbrach Tessa ihren Satz, «ich verliere meinen Job, wenn du erzählst, von wem du die Info hast!»

Natascha nickte beklommen.

«Ich habe deine Verzweiflung gesehen, deshalb erzähle ich dir von dem, was ich gelesen habe. Denn nur eines kann dich retten und zwar die Flucht vor ihm!» Natascha erstarrte bei ihren Worten. War es doch noch schlimmer als erwartet oder war Tessa einfach zu naiv?
«Was hat er den getan?»
«Er wurde einmal verurteilt wegen eines Verstoßes gegen das Betäubungsmittelgesetz, dann noch wegen schwerer Körperverletzung, er bekam vier Jahre auf Bewährung. In dieser Zeit ist er verknackt worden wegen Fahrens ohne Fahrerlaubnis. Und die Bewährung wurde aufgehoben. Der Ladung auf Absitzen der Zeit ist er nicht nachgekommen und verzog unbekannt.»
«Vielleicht wusste er von der Ladung nichts!», warf Natascha ein.
Unbeirrt erzählte Tessa weiter: «Und als er vor einem Jahr einen Unfall hatte, bestand der Unfallgegner auf die polizeiliche Aufnahme des Unfalles und als dieser davon nicht abzubringen war, ist dein toller Steve einfach geflüchtet. Also denken natürlich alle, dass er wusste, dass, wenn die Polizei kommt, er in den Knast muss.»
Natascha war geschockt und fragte: «Ist dem Unfallopfer was passiert?»
«Der arme Mann musste ins Krankenhaus, deshalb ermittelt die Staatsanwältin. Leider liegt das aktuell bei meinem Chef, deshalb konnte ich in die Akte

nicht reinschauen, Natascha, aber es sieht nicht gut aus für ihn. Ein Zeuge belastet ihn sehr.»
Natascha merkte gar nicht mehr, dass sie schon 100 mal ihren Cappuccino umrührte. Leise sagte sie: «Wie kann ich ihm helfen? Er braucht mich doch jetzt!»
«Ist das dein Ernst, Natascha?», fragte sie Tessa.
Doch sie bekam keine Antwort. Die jungen Frauen schwiegen eine lange Zeit.
Nachdem Tessa aufgegessen hatte, verabschiedete sie sich.
«Du, Natascha, wenn ich was für dich tun kann, sag mir bitte Bescheid. Doch sei bitte vernünftig. Dieser Mann wird nicht nur sich, sondern auch alle in seinem Umfeld mit in den Sumpf ziehen.»
Sie drückte Natascha und ging. Natascha liefen die Tränen über die Wange. War es ein Vorteil, dass sie so neugierig war?

Einige Tage später traf sich Natascha mit ihrer Freundin Monika zum Essen. Natascha wollte ihre Freundin um Rat fragen.
Sie betraten ihren Lieblings-Italiener.
«Buona sera, signorina Monika. Come va? Aben Sie Irre Freundin mitgebracht! Benvenuto!»
«Buona sera, Roberto.» Monika und Roberto umarmten sich.
Monika wird wohl häufiger zum Essen eingeladen! Ich habe das schon lange nicht mehr gehabt!

Roberto brachte die Karten und die beiden Frauen bestellten sich Sambuca. Sie stießen an, bliesen die Flammen aus und kippten das ölige Getränk auf einmal hinunter.
«Natascha, was ist los? Was wolltest du besprechen?»
«Entschuldigen Sie die Damen, was kann ich Ihnen zum Essen bringen?» Natascha und Monika hatten nicht mitbekommen, dass ein Kellner an ihren Tisch getreten war.
Natascha blickte auf. *Der Kellner sieht aber nicht typisch italienisch aus und spricht auch ohne Akzent. Ist das ein verdeckter Ermittler, der Infos über Steve haben wollte?* Sie schüttelte sich und runzelte die Stirn. *Oh Gott, jetzt sehe ich schon weiße Mäuse ...*
«Zwei Pizza Calzone bitte», bestellte Monika.
Natascha grinste: «Du hast nicht vergessen, dass sie meine Lieblingspizza ist! Du bist so süß, Monika.»
«Du, ich habe von einer Bekannten erfahren, dass du Probleme mit Steve hast?»
«Probleme ist gut, der ganze Kerl ist ein Problem und doch ...» und Natascha erzählte ...
Monika hatte den Ausführungen von Natascha mit offenem Mund zugehört und dabei vergessen zu essen. Ihre Pizza war schon fast kalt, als sie sich achtlos die Bissen in den Mund schob.
«Das ist doch alles nicht wahr? Das muss erst mal sacken. Ich wusste, dass er ein Arschloch ist, Natascha, aber das schlägt dem Fass den Boden aus.»

Schweigsam aßen sie ihre Pizza und tranken ihren Lambrusco.
Im Anschluss wollten sie eigentlich ins Kino gehen. Spontan änderten die Mädels in guter Laune ihren Plan, strichen das Kino und besuchten die örtliche Diskothek.
Angeregt durch den leichten Rotwein, vergaß Natascha, Steve anzurufen und die Planänderung bekannt zu geben.
Sie dachte auch nicht daran, dass der Türsteher ein Freund von Steve war.
«Hallo Natascha, heute mal zum Tanzen? Wo ist denn Steve? Ungewöhnlich, dass du ohne ihn hier bist!»
«Ach, Ali , du weißt doch, manchmal muss man auch mal alleine, nur mit einer Freundin, zum Tanzen gehen!»
«Na, dann viel Spaß, ihr Beiden!»
Natascha und Monika stürzten sich ins Getümmel, tanzten ausgelassen und hatten jede Menge Spaß. Der Schweiß lief ihnen in Strömen vom Körper, es war heiß und stickig in der Disko, aber alles war egal, es zählte die ausgelassene Freude.
Die beiden machten eine Pause und gingen zur Toilette. Natascha war als erste fertig und wartete vor der Tür auf ihre Freundin Monika, lässig angelehnt an einen Zigarettenautomaten.
«Hey, rutsch mal'en Stück. Ich brauch' Kippen.»
«Na, klar doch.» Natascha trat einen Schritt zur Seite und lachte.

In diesem Moment schlug jemand von hinten auf den Rücken des Mannes. Dieser knallte mit dem Kopf gegen die Wand. Blut spritzte.
«Was ist ...!» Die Worte blieben Natascha im Hals stecken. Mit wutverzerrtem Gesicht ging Steve auf den Mann, der blutend über dem Zigarettenautomaten hing, wieder los. Ali warf sich dazwischen, nahm Steve in den Schwitzkasten und hielt ihn davon ab, wieder auf den unbekannten Mann loszugehen.
Der Fremde rutschte mit einem gurgelnden Ton auf die Erde und blieb liegen. Aus einer Kopfwunde strömte unaufhaltsam Blut.
«Tu was, ruf einen Krankenwagen, Natascha!»
Natascha erwachte aus ihrer Erstarrung und rannte, als wären zehn Teufel hinter ihr her, in den Gastraum.
«Mark, Mark, ruf einen Krankenwagen!», rief sie schon von weitem, als sie auf den Barkeeper zurannte.
«Was?»
«Ruf einen Krankenwagen!», schrie Natascha
«Nu mal langsam, jetzt noch mal zum Mitschreiben! Was ist passiert?»
Natascha schluchzte: «Steve hat einen Mann umgehauen und Ali hält Steve fest und der Mann liegt am Boden. Alles ist voller Blut. Schnell, ruf einen Krankenwagen, bevor der Mann verblutet.»
Mark griff zum Telefon, wählte 112: «Notrufzentrale, Feuerwehr. Was kann ich für Sie tun?»

«Schicken Sie schnell einen Notarzt zur Paradies Diskothek, Hammerstraße 7, bitte schnell!»
«Der Wagen ist unterwegs.»
Mittlerweile hatte sich Natascha wieder gefasst und sie bekam Panik.
Was habe ich nur getan? Hab' Steve nicht mitgeteilt, dass ich in die Disko gegangen bin. Und der liebe Ali hat ihn informiert, dass ich hier mit meiner Freundin tanze. Und warum hat er den Mann geschlagen? Ah, ich glaube, ich weiß warum. Sicher hat er gedacht, dass ich mit dem Mann flirte. Dabei hat der nur Zigaretten ziehen wollen und er und ich hatten nichts miteinander zu tun. Steve ist einfach zu eifersüchtig. Er kann gar nicht lieb genug sein, das Leben mit ihm ist ein Gefängnis. Und wenn ich nicht tue, was er sagt ...
Natascha schüttelte sich bei diesem Gedanken und wollte jetzt nur noch nach Hause. Neugierig ging sie wieder hinaus zur Toilette, Monika kam ihr entgegen.
«Was war das denn? Ist denn dein Typ völlig bescheuert? Der hat doch nicht mehr alle Tassen im Schrank! Wollte der Mann, der am Boden liegt, was von dir?»
«Nein, er wollte nur Zigaretten ziehen und hat mich gebeten ein Stück zur Seite zu rutschen.»
«Was? Und dann rastet dein Typ aus? Der gehört doch in die Klapse!»
In dem Moment packte Steve Natascha am Handgelenk.
«Du kommst jetzt mit nach Hause. Du bist eine elen-

de Schlampe. Fickst wohl mit jedem, was?»
«Lass mich in Ruhe, Steve. Der Mann hat sich nur Zigaretten ziehen wollen und hat mich gebeten ein Stück zur Seite zu gehen.»
«Lüg mich nicht an, du wolltest mit dem ficken!»
Er packte Natascha am Hals, Ali zog Steve zurück.
«Das lässt du schön bleiben, gleich ist der Notarzt hier und du benimmst dich jetzt!»
Nur mühsam konnte Steve seine Wut unter Kontrolle halten und er hielt Natascha mit eisernem Griff am Handgelenk fest.
Der Notarzt versorgte den blutenden Mann und die Krankenwagenfahrer nahmen ihn mit.
Steve zerrte Natascha am Handgelenk, zog sie hinter sich her und wollte den Ort des Geschehens verlassen.
Monika versuchte Steve aufzuhalten.
«Lass sie los!»
Kaum hatte sie diese Worte ausgesprochen, landete auch schon Steve's Hand mitten in ihrem Gesicht.
«Du mieses Stück Scheiße! Das machst du nicht noch einmal. Ich ruf' die Bullen und dann nehmen sie dich mit!»
Natascha hatte sich wieder aufgerappelt, weinte, griff Steve in den Arm, damit er nicht wieder ihre Freundin attackierte: «Komm, Schatz, lass uns nach Hause gehen!»
Natascha hatte keine Lust auf weitere Auseinandersetzungen.
Als sie im Auto saßen, legte Steve erst richtig los.

«Du miese Schlampe, kaum lässt man dich aus den Augen, willst du schon mit anderen Männern ficken.» Kaum hatte er die Worte ausgesprochen, schlug er Natascha wieder ins Gesicht. «Keine zwei Minuten kann man dich alleine lassen und schon wirfst du dich dem erstbesten Typen an den Hals! Ich bringe sie alle um! Du Drecksweib, du Flittchen, dreckige Fotze.», und schlug ihr wieder und wieder ins Gesicht.

Natascha liefen die Tränen aus den Augen, sie sagte aber kein Wort mehr und schluchzte, ihre linke Gesichtshälfte schmerzte.

«Du musst mir glauben, ich kannte den Mann nicht. Er wollte nur Zigaretten ziehen und ich stand im Weg und er fragte mich, ob ich zur Seite gehe.»

«Deine verdammten Lügen kannst du bei dir behalten. Ich glaub' dir kein einziges Wort!»

Er parkte und zerrte sie aus dem Auto, hinauf in die Wohnung und dann ins Wohnzimmer.

«Setz dich auf das verdammte Sofa!» Und schubste sie in die Richtung. Schnell setzte sich Natascha, *Nur keine Prügel mehr*. Gehorsam setzte sie sich auf den Rand des Sitzmöbels. Sie wollte die Situation entschärfen.

«Was ist denn jetzt? Erzählst du mir nun die Wahrheit?» Lauernd schaute Steve aus seinem zusammengekniffenen Gesicht. Seine blauen Augen stachen sie förmlich.

«Ich habe' dir die Wahrheit gesagt! Es ist die Wahr-

heit und ich erfinde keine Lüge, nur damit du zufrieden bist!»
«Du elende Lügnerin, ich will die Wahrheit wissen. Wolltest du mit dem Typen vögeln? Rede! Weib!»
«Ich kannte den Mann doch gar nicht!»
«Natürlich kanntest du ihn. Du wolltest mit ihm ficken! Schon vergessen?» Speichel troff aus seinem rechten Mundwinkel.
Das ist widerlich! Ist das denn der Mann, den ich so abgöttisch liebe? Nein, das ist ein Tier, ein eifersüchtiger Bastard, mit dem ich wohl nie wirklich in Frieden leben kann. Ich muss hier weg! Aber wie?
«Steve, beruhige dich. Ich kannte den Mann nicht! Und er wollte nur Zigaretten ziehen und bat mich, ein Stück zur Seite zu gehen! Das ist die Wahrheit.»
In diesem Moment rastete Steve aus. Mit einem Satz hatte er das Samuraischwert, welches über dem Sofa hing, aus der Halterung gerissen und hielt es nun Natascha an den Hals. Mit vor Hass sprühenden Augen sah er sie an. Natascha schloss die Augen und dachte, *mach ein Ende, das ist nicht zu ertragen.*
Vater unser, der du bist im Himmel, geheiligt werde dein Name, dein Reich komme ...
«Guck mich an! Du Schlampe!»
Natascha hielt weiter die Augen geschlossen, wagte es nicht Steve anzusehen und betete weiter.
In diesem Moment klingelte sein Handy und er ließ das Schwert sinken.
Natascha hörte nur eine wütende Männerstimme,

was er sagte, blieb ihr verschlossen.
«Das ist mir egal, ich bring die Schlampe um!», legte auf, nahm das Schwert und stach es mit voller Wucht in das Sofa, direkt neben ihrem Bein. Ihr Herz blieb einen Moment stehen.
Wortlos drehte er sich um und verließ den Raum.
Sie hörte, wie er den Motor startete und sich das Geräusch entfernte. Zitternd blieb Natascha noch eine Weile sitzen, äugte zwiespältig auf das Schwert neben sich.
Sie wollte ganz sicher sein, dass er nicht zurück kam.
Jetzt geh ich. Keine Sekunde länger bleibe ich mit diesem Scheiß Kerl zusammen. Das Fass ist voll. So ein eifersüchtiger Mann bleibt immer eifersüchtig und jetzt ist der Zeitpunkt gekommen, wo ich weggehen kann.

Sie fiel aus ihrer Starre, nahm kaum wahr, was sie tat, erhob sich, möglichst den Blick vom Schwert fernhaltend und schlich ins Schlafzimmer. Sie riss eine Reisetasche vom Schrank und warf achtlos Klamotten hinein. Im Bad holte sie noch ihre persönlichen Sachen, blickte sich noch einmal um und versprach sich: *Niemals wieder werde ich hierher zurückkommen.*
Dann fiel mit einem Klacken die Haustür ins Schloss.
Ihre Schritte hallten im Hausflur, als sie die Treppe hinunterschritt. Sie öffnete die schwere Eingangstür und wurde jäh von den hellen Sonnenstrahlen geblendet. Sie setzte ihre Sonnenbrille auf, um ihr blau verfärbtes dick geschwollenes Auge zu verstecken.

Was soll ich denn tun? Der Blödmann hat das Auto, wie soll ich denn jetzt zu meiner Schwester kommen?
Natascha ergriff ihre Geldbörse und sah nach, wie viel Geld sie zur Verfügung hatte. Gott sei Dank hatte sie vor ein paar Tagen ihr Gehalt bekommen. Sie winkte einem vorbeifahrenden Taxi.
«Na, wo soll's denn hingehen, schöne Frau?»
Natascha riss die Tür auf und setzte sich in die weichen Polster der Limousine.
«Zum Hauptbahnhof, bitte!»
«Fahren Sie in Urlaub?»
«Nein, ich will meine Schwester besuchen. Ich habe sie schon lange nicht gesehen. Ich bin Tante geworden.»
«Ach, was ist es denn? Junge oder Mädchen?»
«Ein süßes kleines Mädchen. Ich freue mich schon riesig. Ich bin das erste Mal Tante geworden.»
«Herzlichen Glückwunsch!»
Der Fahrer hielt mit quietschenden Reifen vor dem Hauptbahnhof an. «Das macht fünf Mark.»
Natascha legte ihm einen Fünfmarkschein in die Hand und beeilte sich, das Taxi zu verlassen.
«Gute Reise!», rief ihr der Taxifahrer hinterher.

Aufatmend sank sie in das Kunstleder des Eisenbahnwaggons und erst, als der Zug anfuhr, entspannte sie sich. Sie schloss die Augen und stellte sich vor, dass sie jetzt in ihre Freiheit fuhr. Ihre Gedanken flatterten hier- und dorthin, blieben einen

Moment bei Steve hängen und wanderten dann in ihr Elternhaus.

Mein Gott, Mama! Konntest du mich nicht vor den Übergriffen meines Vaters schützen? Wozu hast du immer weggeschaut? Was hab ich dir getan, dass du das zugelassen hast? Wenn ich mal ein Kind habe, werde ich es wie eine Löwin verteidigen! Auf jeden Fall und wenn es mein eigenes Leben kostet.

«In wenigen Minuten erreichen wir Hamburg-Hauptbahnhof.»

Die Stimme auf dem Band klang freundlich, Natascha sammelte ihre Sachen zusammen und machte sich bereit. Sie wollte erst aufstehen, wenn der Zug angehalten hatte

«Das ist ja mal eine Überraschung! Wo kommst du denn her?»

«Hab mir gedacht, ich überfalle dich einfach, wir haben uns so lange nicht gesehen!» Natascha grinste.

«Das nehm' ich dir nicht ab! Komm erst mal rein!» Edith schob Natascha sanft in die Küche.

«Also, was ist los? Du kommst nicht einfach so, mitten an einem Sonntagnachmittag, bei mir vorbei! Setz dich. Magst du einen Kaffee?»

«Oh, ja, gerne, das kann ich jetzt brauchen.» Natascha setzte die Sonnenbrille ab. Edith schrie entsetzt auf: «Oh, mein Gott, wer hat dir das angetan? War das Steve?»

Natascha nickte, Tränen liefen ihr aus den Augen

und ihr Körper wurde von Schluchzern geschüttelt. Edith nahm Natascha in den Arm, hielt sie fest und wiegte sie wie ein kleines Kind. Nur langsam konnte sich Natascha beruhigen und die Tränen versiegten. Edith gab ihr ein Taschentuch. Stockend erzählte sie, und dann kamen immer fließender die Worte aus ihrem Mund.

«Edith, ich liebte ihn so sehr, er war mein Märchenprinz, meine große Liebe. Dann schlug er das erste Mal zu, ich wollte weg, aber er hat sich entschuldigt und mir hoch und heilig versprochen, dass er mich nie wieder schlagen würde. Ich habe ihm geglaubt. Er hat sich auch daran gehalten, es waren keine Ohrfeigen mehr, sondern alles war subtiler, viel schrecklicher. Steve war so eifersüchtig. Immer musste ich aufpassen, dass ich nichts Falsches sagte, durfte keinen Mann ansehen und schon gar nicht mit einem sprechen. Unser zu Hause wurde immer enger und ich fühlte mich immer mehr, wie in einem Gefängnis, aus dem ich ausbrechen wollte. Traute mich aber nicht, hatte Angst vor den Konsequenzen, wusste auch nicht, was ich dann machen sollte. Wo sollte ich hin? Es war wie ein Leben in der Warteschleife ... so unendlich ... so ohne Ziel.»

«Meine Süße! Du hättest zu mir kommen sollen, ich bin deine große Schwester, ich hätte dich vor ihm beschützt. Jetzt bleibst du erst mal hier und dann sehen wir weiter.»

Die beiden Frauen tranken ihren Kaffee, aßen ein

großes Stück Kuchen und plauderten von alten Zeiten.

Natascha hatte ihr Handy auf lautlos gestellt und nun sah sie, dass Steve über 200 mal angerufen hatte. Sollte er doch warten, oder suchen, sie würde ihn nicht anrufen.
Gegen Abend klingelte es an der Haustür, Edith ging, um zu öffnen.
Kaum war die Tür einen Spalt breit auf, wurde sie auch schon mit Kraft aufgestoßen.
«Wo ist Natascha? Ich muss zu ihr!»
Er trug einen großen Strauß dunkelroter Rosen.
«Na, dann warte mal, ich rufe Natascha.»
Steve wartete nicht, stapfte in die Küche und hielt Natascha die Rosen hin. Er lächelte sie an.
«Du, es tut mir leid, ich weiß gar nicht mehr, wieso ich so ausgerastet bin. Ich liebe dich doch und ich will dich nicht verlieren. Und ich will, dass wir immer zusammen bleiben. Guck mal, Schatz, ich habe uns einen gemeinsamen Urlaub gebucht. Nach Lanzarote! Dann können wir uns wieder vertragen und neu beginnen. Ich verspreche dir, niemals wieder kommt so eine Situation vor.»
Natascha war sich bewusst, dass sie einen Fehler gemacht hatte, als sie Steve nicht informiert hatte, dass sie in die Disko ging, und auch er wusste, dass er zu heftig reagiert hatte.
Natascha zögerte. Sie hatte ihre Schwester, aber die

hatte ihr eigenes Leben und sie selbst? Wen hatte sie noch? Ihre Eltern waren schon lange für sie gestorben. Sie hatte niemanden außer ihn.
Und der Gedanke, so einen richtig schönen Urlaub zu machen, lockte sie aus der Reserve.
«Gut, ich fahre mit dir in den Urlaub, du hast noch eine Chance. Ich gehe das Wagnis ein, um unsere Beziehung zu retten.»

Steve musste doch irgendwann verstehen, dass sie zusammen gehörten. Dass sie ihn über alles liebte und für ihn da war. Vergessen waren die Demütigungen, vergessen das Gefängnis, Natascha war glücklich, dass Steve mit ihr zusammen sein wollte, glücklich und in ihrem Selbstwert bestätigt.

Eine Woche später flogen sie zusammen nach Lanzarote. Eine traumhafte Woche begann. Steve war sehr aufmerksam. Sie gingen zusammen shoppen, aßen hier und da ein Eis, naschten an den Meeresfrüchten und genossen zauberhafte Sonnenuntergänge, mit einem Cocktail in der Hand. Nachts liebten sie sich und verschmolzen miteinander.
Die Woche verging sehr schnell und sehr schnell war es auch wieder Alltag und Steve war, wie immer, eifersüchtig und Natascha saß wieder in ihrem Gefängnis und da wollte sie nur noch raus. Raus aus dem Knast, weg von den Eifersuchtsszenen, weg von Steve. Und in dieser Zeit musste sie sich zum ersten Mal übergeben. Ein Schwangerschaftstest

zeigte, dass Natascha schwanger war. Damit hatte sie nicht gerechnet. Was sollte sie jetzt tun?

Natascha geht in die Küche, um sich einen Tee zu kochen, die Erinnerungen haben sie aufgewühlt. Der kleine, blaue Wasserkocher dampft und Natascha gießt heißes Wasser in eine Tasse, hängt einen Pfefferminzteebeutel dazu. Ein paar Klumpen Kandis ergänzen das Getränk. Nachdenklich rührt Natascha in ihrer großen blauen Tasse, die mit der gelben Sonnenblume.

Ich war damals so naiv, ich hätte wissen müssen, dass ein Mann, der gewalttätig ist, immer gewalttätig bleibt.

Sie steht auf, geht zu ihrer Bücherwand und nimmt ein Buch heraus. *SoftSkills*[3]. Sie schlägt eine Seite auf.

«*Beziehungssucht.*

Als Beziehungssucht wird das suchtartige Bedürfnis nach zwischenmenschlichen Beziehungen und menschlicher Nähe bezeichnet. Die Betroffenen haben große Probleme mit Nähe, was ihnen aber nicht wirklich bewusst ist. Und sie haben Trennungsängste und halten oft unter Inkaufnahme von sehr unan-

3 Soziale Kompetenz (englisch social skills), häufig auch Soft Skills genannt, ist die Gesamtheit persönlicher Fähigkeiten und Einstellungen, die dazu beitragen, individuelle Handlungsziele mit den Einstellungen und Werten einer Gruppe zu verknüpfen und in diesem Sinne auch das Verhalten und die Einstellungen von Mitmenschen zu beeinflussen. Soziale Kompetenz umfasst Fertigkeiten, die für die soziale Interaktion nützlich oder notwendig sind.

genehmen Begleitumständen (z. B. Gewalt und emotionaler Unterdrückung) an einer Zweierbeziehung fest. Sie haben große Angst allein zu sein, fühlen sich von der Beziehung abhängig und erleben sich nur mit einem Partner an ihrer Seite als vollständig. Dieser erlebt das Nähe- und Bindungsverlangen des Betroffenen oft als einengend und wehrt sich dagegen, was dessen anklammerndes, abhängiges Verhalten meistens verstärkt. Auch das Gefühl des Verliebtseins und der Wunsch, dieses Gefühl zu erleben, kann eine Rolle spielen. Es ist wie ein Jojo. Zerrt der Eine, will der Andere weg, zerrt der Andere will der Eine weg. So ist das Zusammenspiel immer umkehrbar. Allzu große Nähe ertragen die beiden Partner nicht, aber auch nicht das Getrennsein.»

Natascha klappt das Buch wieder zu. *Früher war ich wohl beziehungssüchtig und Steve ebenfalls. Ha, da haben sich zwei gefunden. Nicht zu fassen, heute sehe ich die Problematik ganz klar vor Augen.*
Natascha lächelt, als sie das Buch zurück an seinen Platz stellt, nimmt ihren Teebecher und setzt sich vor den Computer, fährt ihn hoch. Sie will jetzt an ihrem Buch weiterarbeiten. Den Anfang hat sie schon geschrieben und jetzt will sie beschreiben, wie ihr Kind auf die Welt kommt. Der Urlaub in Lanzarote und seine Folgen. Ihre Hände hämmern monoton in die Tastatur. Sie vergisst die Zeit und versetzt sich wieder in die Vergangenheit.

Lanzarote und seine Folgen

«Pressen, Frau Milauf, Pressen!», schrie die Hebamme.

Natascha hatte unbeschreibliche Schmerzen, unter solchen Schmerzen wollte sie das Kind nicht gebären. Ihr liefen Tränen über das Gesicht und nässten ihr Kissen. *Wieso ist der Vater dieses Kindes nicht hier und hält meine Hand? Er ist nicht der Mann fürs Leben. So ein Arschloch! In jedem schleimigen Liebesfilm hält der Mann die Hand seiner geliebten Frau, schneidet nach der Geburt die Nabelschnur durch, mit Tränen in den Augen.*

Natascha schrie, unterdrückte die Wehe vor Schmerzen und die Hebamme brüllte: «Pressen … gleich haben wir es geschafft! Pressen!»

Der Wehenschreiber schlug Alarm, die Herztöne ihres Sohnes waren nur noch schwach zu hören. Das löste bei der Hebamme Panik aus. Sie öffnete die Tür des Kreißsaales und rief nach dem Arzt. Zwei Ärzte stürmten ins Zimmer. Sie banden Nataschas Beine hoch, ein unbeschreiblicher Schmerz durchzog ihren Unterleib und es roch verbrannt. Die Hebamme teilte ihr mit, dass es um Leben und Tod ginge.

«Wenn Ihr Sohn gesund auf die Welt kommen soll, dann pressen Sie bei der nächsten Wehe, so fest Sie können!»

Später erfuhr Natascha, dass die Ärzte einen Dammschnitt gemacht hatten, der den komischen Geruch

verursachte. So könne das Kind leichter auf die Welt kommen.
Die nächste Wehe überrollte Natascha mit voller Wucht, Natascha presste, der Arzt drückte auf ihren Bauch und alles tat höllisch weh.
Natascha schrie noch einmal auf und mit einer letzten Presswehe wurde ihr Baby geboren.
Mein Gott, ist das hässlich! Wo war das süße Porzellan Püppchen. Glatte Haut und einfach nur zum Reinbeißen?
Hebamme und Arzt versorgten den Kleinen, Natascha konnte ihn gar nicht richtig ansehen und hören konnte sie auch nichts. Auf einmal durchbrach ein Schrei die Stille.
Mein Gott, hatte dieses kleine Wesen ein Organ!

Verzweifle nicht, wenn du deinen Kindern nicht das Beste von allem bieten kannst.
Gib ihnen einfach das Beste von dir selbst.
Unbekannt

Die Hebamme lachte, als sie Nataschas Gesichtsausdruck sah und bemerkte: «Man kann ihn nicht ausschalten! Aber eines funktioniert immer! Legen Sie ihn an. Wenn der Kleine die Brustwarze im Mund hat und trinken kann, ist er zufrieden.! Möchten Sie ihn jetzt stillen?»
Natascha nickte beklommen, sie hatte noch Schmerzen, Dammschnitt und Vernähen des Schnittes zerrten an ihren Nerven.

Die Hebamme legte den Kleinen an, der wusste sofort, was er tun sollte und trank selig an ihrer Brust. Natascha verbrachte Stunden damit ihren kleinen Sohn anzuschauen. Langsam hatte er auch eine bessere Farbe im Gesicht und wurde deutlich glatter. Er schlief jetzt tief. *Jetzt wird es ernst. Du bist Mama …* Natascha hielt ihn fest im Arm und schlief ebenfalls ein.

Stürmisch wurde die Tür geöffnet und Nataschas Freund betrat das Zimmer. Er küsste sie auf die Stirn und schaute seinen Sohn an. Ein kleines Lächeln umspielte seine Lippen.
Er schaute Natascha tief in die Augen: «Bin ich wirklich der Vater von ihm?»
Natascha wurde wütend! *Wie kann man nach der Geburt so etwas Blödes fragen?* Natascha antwortete ironisch: «Nein, wie kommst du denn darauf? Ich war doch gar nicht mit dir auf Lanzarote! Da ist er nämlich gezeugt worden.»

Natascha nimmt das Foto ihres Sohnes vom Schreibtisch, sie braucht jetzt unbedingt etwas zum Trinken. Ihr Mund ist trocken, liebäugelt mit dem Rotwein, der noch unangebrochen im Regal steht. Sie öffnet die Flasche fachmännisch, ergreift das langstielige Rotweinglas, füllt es bis zur Hälfte mit dem köstlichen Nass und nimmt einen kleinen Schluck. Herb und fruchtig läuft der Wein durch ihre Speiseröhre. Sie lächelt, und denkt an Lanzarote. Es war

nicht unbedingt eine Freude, als sie erfuhr, dass sie schwanger war. *Und heute? Ja, heute bin ich der glücklichste Mensch, weil ich diesen Sohn habe.*
Sie nimmt ihr Glas mit zum Schreibtisch und ihre Hände verursachen wieder dieses monotone Klappern der Tasten, sie will unbedingt fertig werden.

Seine Mundwinkel zuckten und er schob das Mützchen ihres Sohnes hoch und schaute sich die Haarfarbe an. Schwarzes Haar klebte an seinem Kopf. Steve sah Natascha an und sagte: «Wenn ich raus bekomme, dass ich nicht der Vater bin, bringe ich dich um.»
Natascha ließ ihren Tränen freien Lauf. Hatte sie sich doch sehnlich gewünscht, dass er sich freut und sie nun eine glückliche Familie werden.
Ja, er war aggressiv, ja, er war eifersüchtig, ja, er ließ mir keinen Freiraum, doch konnte nicht einmal dieser kleine Sonnenschein sein Herz erwärmen?
Nach einer halben Stunde verabschiedete er sich, weil er zur Arbeit ging. In die Diskothek, wo Natascha ihn kennenlernte, wo sie tanzten und sich ineinander verliebt hatten. In die Diskothek, in der er den Mann verdroschen hatte.

Nach drei Tagen durfte Natascha das Krankenhaus wieder verlassen. Sie freute sich nicht. *Wo soll ich denn hin? Zu Steve? Irgendwann wird er wohl auch das Kind verprügeln, wenn es schreit! Aber, verdammt noch mal, wo soll ich denn sonst hin?*

Sie schaute sich noch einmal in dem weißen Zimmer um. Es war alles steril, und doch, hier war sie sicher. Zu oft hatte sie in der Schwangerschaft darüber nachgedacht, dass ein Leben mit Steve keine Zukunft hatte. Doch in diesem Moment sah sie keinen anderen Weg, als zu Steve zu gehen. Sie hatte eine Verantwortung für dieses kleine Wesen übernommen. Ein Kind braucht doch Mutter und Vater.
War es nicht so? Sie nahm zärtlich ihren kleinen Sohn, der den Namen Tom bekommen hatte, in den Arm,. küsste und hielt ihn.
«Schatz, ich werde dich immer lieben und ich werde dich beschützen. Nichts kann dir passieren, denn ich bin für dich da!», versprach sie ihm und setzte ihn in die Babyschale fürs Auto.
Nun, wer sollte sie jetzt abholen? Sie nahm ihr Handy und wählte.
«Hallo Monika, kannst du mich im Krankenhaus abholen?»
«Leider nicht, ich muss arbeiten.»
War ja klar! Seit dem Vorfall vor Monaten hatte sich ihre Freundschaft verändert. Monika hatte wenig Verständnis für die Tatsache, dass sich Natascha für das Kind von Steve entschieden hatte.
Dennoch sah sie damals von einer Anzeige gegen Steve ab, da ihr Freund Fred sie davon überzeugt hatte. Er hielt nie etwas von Steve und die Männer wurden nie warm miteinander.
Fred war ein toller Mann, er war liebevoll und auf-

merksam. Natascha merkte, wie sie von ihm träumte. *Mensch Natascha, hör auf damit, Fred gehört Monika.* Natascha rief sich ein Taxi, denn sie wusste, dass Steve noch schlief. Während sie im Taxi saß, fiel Natascha mit dem Blick in ihr Portemonnaie ein, dass sie zukünftig den Gürtel enger schnallen musste.
Sie hatte ab sofort nur noch Erziehungs- und Kindergeld.

Zu Hause schloss sie die Türe auf und betrat die Wohnung. Niemand stand im Flur und begrüßte sie. «Willkommen zu Hause», sagte Natascha. Die Ironie des Satzes brachte sie zum Lachen.
Tom schaute sie mit großen Augen an. *Du bist so ein süßer kleiner Kerl.* Natascha öffnete seinen Sitz und nahm ihn auf den Arm, sie drückte ihn: „Das ist dein zu Hause mein Schatz!"
Lautes Magenknurren riss sie aus ihrer Träumerei. «Mal schauen, was dein Vater eingekauft hat.» Sie öffnete den Kühlschrank. «Junge, Junge, dein Papa ist ein toller Mensch, schau mal!» Sie hielt Tom vor den Kühlschrank. «Papa hat ganz schön viel eingekauft.» Ungläubig schaute Natascha in den mit einer Flasche Bier, einer Tube Senf und einem Kopfsalat im unteren Fach gefüllten Kühlschrank. Und der Salat hatte bereits eine Form von Verflüssigung eingenommen.

Natascha packte ihre Tasche, ihren Sohn und marschierte in den Ort um Lebensmittel zu kaufen. Be-

vor sie den Markt betrat, öffnete sie ihre Geldbörse und zählte, 10, 20, 30, 35, 38 Mark. *Na ja, große Sprünge kann ich nicht machen. Wie schaffen das andere Mamas?* Für Natascha nun eine neue Situation. Das Geld war so oder so immer knapp und am Ende des Geldes gab es noch so viel Monat und nun hatte sie auch noch die Verantwortung für ein Baby, ihr Baby, für ihren Tom, den sie so sehr liebte.
Sie stand vor dem Windelregal, denn erst sollte Tom glücklich sein. Sie redete mit ihrem kleinen Sohn: «Schau mal, die Mini Windeln kosten acht Mark, Feuchttücher zwei Mark und was brauchen wir denn noch?» Hilflos blickte sich Natascha in den Regalen um. Babyöl und Babybad und was sie sonst noch brauchten, um vermutlich bis morgen klar zu kommen.
Ich muss dringend zur Bank, ich habe da doch noch das Sparbuch von meiner Oma. Für Notfälle, hatte sie immer betont. Na, wenn das kein Notfall ist, dann weiß ich es nicht.
Sie schleppte die Einkäufe in ihre Wohnung. Steve war inzwischen aufgestanden.
«Warst du einkaufen?»
«Ja, sicher war ich das. Hättest du aber auch tun können und übrigens, dein Sohn ist zu Hause!»
«Nicht so schnippisch, Frau Milauf!», konterte Steve etwas ernster. Natascha merkte gleich, dass er nicht so gut drauf war und hielt den Mund. Sie hatte gelernt auf ihn Rücksicht zu nehmen.

«Kannst du bitte mal auf Tom aufpassen? Ich fahre schnell zur Bank.»
«Warum?»
«Ich habe noch ein Sparbuch von meiner Oma, ich will das auflösen, damit es dem kleinen Tom in den nächsten Wochen an nichts fehlt! Wann bekommst du denn immer Gehalt Steve?»
«Wieso willst du das wissen?»
«Weil ich doch jetzt erst mal nicht arbeite und ich komme mit Einkäufen und Versicherungen usw. finanziell nicht klar. Darüber haben wir schon einmal gesprochen, erinnerst du dich nicht mehr?»
«Nein, kann mich nicht erinnern», brummte Steve. «Ich erinnere mich nur daran, dass wir gesagt haben, dass du den Kleinen in die Babykrippe bringst, damit du wieder arbeiten kannst.»
«Das wolltest du! Ich will ihn stillen, so lange es geht und da kann ich doch nicht arbeiten gehen!»
Natascha ging immer gerne zur Arbeit, war es doch die Zeit des Tages, wo sie unbeschwert fröhlich sein konnte. Aber jetzt ging Tom vor.
Steve brummte etwas, was Natascha nicht verstehen konnte.
Bip Bip, vibrierte ihr Handy. Eine SMS.
Hallo Natascha, habe deine Nummer von deiner Kollegin Anna bekommen. Gratulation zum Nachwuchs, habe gehört, dass ihr gerade aus dem Krankenhaus gekommen seid! Hoffe, der Kleine ist gesund und fit und hält dich ordentlich auf Trab. Ganz liebe Grüße und willkommen zu Hause in deinem neuen Leben, Mario.

Natascha lächelte, *oh, wie süß*, jedoch erstarrte dieses Lächeln, als sie daran dachte, wie Steve das wohl auffassen würde. Hätte er nur den leisesten Verdacht, dass sie an einen anderen Mann denken könnte, würde er komplett ausrasten.
Sie erinnerte sich, was dem Typ in der Disko passiert ist und löschte die SMS direkt.
«Wer war das?», fragte Steve.
«Meine Freundin Monika, sie hat mir viel Freude mit meinem Sohn gewünscht.»
«Das werden wir noch sehen», erwiderte Steve boshaft.
Natascha nahm die Autoschlüssel, verließ die gemeinsame Wohnung. Sie musste hier raus und sie konnte nicht aufhören an Mario zu denken. Er war ein Stammkunde im Kaufhaus und immer sehr freundlich. Sie lachten viel zusammen. Sie freute sich immer, wenn Mario zur Tür herein kam und ab und zu faxten die Kollegen mit ihr, dass er wieder die Toilettenrollen einzeln kauft, um Natascha häufiger zu sehen.
Natascha vermisste kleine Aufmerksamkeiten, keine Blumen, keine Umarmung, nur ab und zu Sex, den sie nicht mehr wollte, den sie über sich ergehen lassen musste.
Auch Steve verlor nach und nach sein Interesse an Natascha und vergnügte sich mit anderen Frauen.
Natascha litt unter der Einsamkeit, die sich immer mehr in ihrem Leben ausbreitete und sie hatte viel

Zeit über ihr Leben nachzudenken. Steve erwartete von nun an, dass sie da war, sich um Tom kümmerte, den Haushalt erledigte und das Essen auf dem Tisch stand, wenn er Hunger hatte.

«Ich bringe jetzt das Geld nach Hause und du tust, was ich sage.» Das waren seine Worte, nachdem er sich damit abgefunden hatte, dass Natascha erst einmal nicht mehr arbeiten würde.

«Steve, kannst du mir bitte Geld da lassen?», fragte Natascha vorsichtig. «Ich muss noch Einkaufen.»

Steve überlegte kurz und legte ihr 50 Mark hin. «Das reicht nicht!», antwortete Natascha, «ich muss auch noch Sachen für Tom kaufen!»

«Hast du nicht noch das Sparbuch von deiner Oma? aufgelöst?»

«Ja, aber ich konnte es noch nicht abheben und ich möchte das Kinderzimmer davon einrichten. Dann ist das Geld fast alle!»

«Das war aber nicht so abgemacht!» Steve baute sich drohend vor ihr auf.

«Vielleicht sollte unser Baby auf der Erde schlafen? Das ist notwendig! Du schläfst ja auch in einem Bett! Ewig wird Tom nicht bei uns im Bett schlafen können.» Jetzt war auch Natascha wütend.

So ein Idiot, denkt nur an sich! Wenn ich nur wüsste wohin, ich wäre sofort weg. Und da war auch noch das Schreiben von der Bank! Morgen werde ich zur Bank gehen und mein Geld abholen.

«Guten Morgen, Frau Milauf!»
«Guten Morgen», antwortete Natascha.
«Sie möchten ihr Geld abholen?»
«Ja.»
«Wie hätten Sie ihr Geld gerne?»
Natascha blickte die Bankmitarbeiterin fragend an.
«In welchen Scheinen, meine ich.» Die Bankangestellte lächelte.
«Ist mir egal, geben sie mir einfach das Geld.»
Mit dem Geld im Umschlag verließ Natascha schnell die Bank. War das ein schönes Gefühl, 5000 Mark in der Tasche zu haben.
Sie überlegte kurz, dachte sich, dass Tom wohl noch schlief und hielt schnell noch an einer Boutique an, um sich für sich und Klein-Tom eine neue Garderobe zu erwerben. Hatte sie doch für ihn zu wenig Klamotten und sie passte auch nicht mehr in ihre Hosen. Sie rannte von einem Ständer zum nächsten und während sie so aussuchte und einkaufte merkte sie nicht, wie die Zeit verging. *Tom ist in den letzten drei Wochen so schnell gewachsen.*
«Das macht 346 Mark», sagte die Verkäuferin
Erstaunt über die Höhe zahlte Natascha und schaute auf ihre Uhr. «Oh mein Gott!»
«Nein, mein Name ist Zimmermann», antwortete die Verkäufern scherzhaft.
Natascha lächelte verhalten, stopfte das Geld in ihre Geldbörse, schnappte sich die Einkaufstüte und stürmte aus dem Laden in Richtung Auto. Sie wuss-

te, dass dies Konsequenzen haben würde, sie wusste, Steve passte nicht gerne auf Tom auf. Und schon gar nicht, wenn der morgens schon laut krähte und seinen Vater aus seinem *wohlverdienten* Schlaf weckte.
«Können sie nicht aufpassen?»
Natascha war in ihrer Eile mit einem Mann zusammen gestoßen.
«Oh, Verzeihung, war keine Absicht. Ich muss schnell nach Hause.»
Der Mann war groß, Natascha hob ihren Blick und als sich ihre Augen trafen, stellte sie fest, dass es Mario war.
«Oh, hallo Natascha. Wie geht's dir und deinem Sohn? Hast du meine SMS nicht bekommen?»
«Doch», antwortete Natascha, «sorry, dass ich nicht geantwortet habe, hab echt viel zu tun im Moment. Ist doch etwas Umstellung mit so einer kleinen Fressmaschine, die leider keine Schlafenszeiten kennt.»
Mario lachte und umarmte Natascha. Er freute sich sehr sie zu treffen. Natascha genoss die Umarmung und schloss die Augen …
Als Mario sie wieder los ließ, öffnete sie die Augen wieder.
«Lass uns doch einfach mal einen Kaffee trinken gehen, habe noch ein Geschenk für dich zur Geburt deines Sohnes.»
«Das ist aber lieb», antwortete Natascha, «ich habe deine Nummer und melde mich bei dir».

«Ok!», antwortete Mario und stieg in sein Auto. «Machs gut, Natascha.»
«Du auch, Mario, bis bald.»
Bis bald dachte Natascha, *tu das Mario nicht an. Wenn Steve das raus bekommt ... Ach kann mich eh nicht melden, habe ja die SMS bereits gelöscht.* Natascha musste an einen Spruch aus einem Buch denken: *Kümmere dich um deine Frau, sonst tut es ein anderer.* Sie lachte.

Durch die geschlossene Tür hörte Natascha Tom's Weinen.
«Hey Jungs, die Mama ist wieder zu Hause!»
Steve sagte nichts, er schlug sofort zu. Natascha biss die Zähne zusammen, tat so, als wenn nichts geschehen wäre. Sie freute sich über die neuen Klamotten, freute sich darüber, wie sie Tom die neuen Sachen anziehen würde. Nicht einmal die schmerzende Nase, nach der heftigen Ohrfeige, konnte ihr die Freude nehmen.
Es war ein schönes Gefühl gewesen, Mario zu treffen und begehrt zu werden. Natascha öffnete ihren BH und legte Tom an. Sofort war Ruhe, und sie entspannte sich.
«Kannst du mir mal sagen, wo du warst und warum du seufzt? Tom brüllt seit Ewigkeiten und an dein verschissenes Handy gehst du auch nicht ran! Ich wollte dieses Kind sowieso nicht! Also sieh auch zu, wie du alleine damit klar kommst. Du kannst mich mal und geschissen hat er auch.»
Natascha schaute in die großen braunen Augen ih-

res Sohnes und flüsterte ihm zu: «Papi meint das nicht so, er hat ein bisschen zu wenig geschlafen. Er liebt dich.» Es schien ihr, als hätte Tom verstanden, was sie sagte. Sein Gesicht sah zufrieden aus.
Natascha hörte, wie Steve die Tüten durch wühlte und sagte nichts. Sie wollte jeglicher Diskussion aus dem Weg gehen.
«Ich bin dann mal weg»!, rief Steve ihr zu. «Bis morgen früh!» Sie hörte noch, wie die Tür ins Schloss fiel.
Natascha überlegte, warum Steve schon am Mittag weg fuhr und wohl direkt von unterwegs zur Arbeit ging. Aber ihr war es recht. Sie war froh, wenn die tickende Zeitbombe aus dem Haus war. Sie und Tom verbrachten einen tollen Tag mit Babymassage und Kuscheln. *Biep Biep,* hörte sie gegen Abend aus ihrer Tasche. Vorsichtig stand sie auf, um Tom nicht zu wecken und fischte das Handy aus ihrer Tasche. Beim Blick in die Tasche bemerkte sie, dass Steve auch ihre Tasche durchsucht hatte. *Merkwürdig normalerweise ist er besser, und jetzt macht er sich keine Mühe mehr, dass ich es nicht merke.*
Natascha ließ die trüben Gedanken fallen und öffnete die SMS.
Hallo Natascha, ich weiß, du sagtest, du würdest dich melden, doch ich kann nicht aufhören an dich zu denken. Lg, Mario.
Nachdenklich und freudig erregt hielt Natascha das Handy in der Hand und las die SMS noch einmal.

Zum Glück hat er sich gemeldet. Wie speicher ich denn jetzt seine Nummer? Kurz entschlossen schrieb sie Marios Nummer auf einen Zettel.
Hallo Mario, du weißt aber schon, dass ich in einer Beziehung bin?
Klar Natascha, aber ich habe auch dein blaues Auge gesehen. Ich habe gesehen, dass du unglücklich bist und ich habe gesehen, wie deine Augen früher leuchteten. Davon ist nichts mehr vorhanden. Wo ist dein Feuer, dein Leuchten. Wo ist deine Lebensfreude?
Natascha setzte sich in den Flur auf den Fußboden und blickte an die Wand. *Das ist eine sehr gute Frage,* dachte Natascha und betrachtete das Bild am Ende des Flures.
In einem terrakottafarbenen Bilderrahmen befand sich ein Bild von einem Heißluftballon, der über Berge flog. Im Hintergrund ging die Sonne unter. Es war ein schönes Bild mit ganz vielen warmen Farben.
Natascha stellte sich vor, wie sie mit Tom in diesem Heißluftballon davon fliegen könne ...
Biep Biep, hörte sie und erwachte aus ihrem Tagtraum.
Bitte antworte mir!
Natascha tippte: *Ja Mario, es mag sein, dass durch die Dauer der Beziehung die Liebe ein bisschen auf der Strecke bleibt, aber wir haben ein Kind zusammen.*
Ach so, okay, dann hast du dich sicher an deiner Einbauküche gestoßen? antwortete Mario, gefolgt von einer weiteren SMS: *Sorry hat mich ja nicht zu interessieren,*

doch Natascha, du bist ein toller Mensch und wenn ich was für dich tun kann, sag mir Bescheid.
Die Stunden vergingen und Natascha und Mario schrieben ununterbrochen über alles Mögliche, was er so tut, liebt usw. Mario fragte auch Natascha Löcher in den Bauch, doch sie musste oft lange überlegen, denn sie wusste nicht mehr, wer sie war. Sie musste funktionieren wie Steve es erwartete und sie blieb auf der Strecke. Nach einiger Zeit schrieb sie ihm ein kurzes Gute Nacht und bat ihn nicht mehr zu schreiben, da sie Angst hatte, dass Steve einmal eine SMS mitbekommen würde. Sie merkte, wie tief traurig sie wurde. Mario hatte, was sie vermisste, *oder ist es nur, weil er sie haben will. Was will er? Uns oder Sex?* Natascha drückte auf *alle SMS löschen* und strich sich die Tränen aus den Augen. Sie legte sich zu Tom und fiel in einen traumreichen Schlaf.

Wäh Wäh, wurde sie unsanft geweckt und blickte auf die Uhr. *Vier Uhr fünf. Wow, Tom, wir zwei schaffen doch bestimmt auch bald sechs Uhr oder*? Unbeeindruckt ihrer Worte brüllte der kleine Mann um sein Leben und sie betrachtete ihn. *Was für eine Power! Er kämpft um das, was er will,* dachte Natascha und musste lachen. Tom schnappte sich die Brustwarze und saugte, was das Zeug hielt.
Es ist schön Mama zu sein, wenn Tom doch nur endlich durchschlafen würde.
Natascha fühlte sich erholt, obwohl sie recht wenig geschlafen hatte. Scheinbar hatte sie einen sehr schö-

nen Traum. Doch genau erinnern konnte sie sich nicht.
Natascha kochte sich einen Kaffee und rief ihre Freundin an.
«Hey Monika, bist du schon fit? Mensch, lass uns doch mal wieder treffen?»
«Klar, können wir machen, kommst du her? Ich habe keinen Bock deinen Trottel zu treffen. Hab heute frei! Quatschen wir ein bisschen.
«Ja, du ich dusche noch schnell, und dann komme ich!»
Tom schlief in seinem Laufgitter und Natascha wusste, dass sie sich jetzt beeilen musste. Steve war erst am Morgen von der Arbeit gekommen und er flippte immer aus, wenn Tom wach wurde und weinte. Sie schrieb ihm einen Zettel. Guten Morgen, Schatz, bin zu Monika gefahren, ich hoffe, es war okay, dein Auto zu nehmen. Wenn was ist, melde dich. Bis später! Liebe dich.
War es wirklich noch so? Liebe ich ihn noch? Habe ich ihn je geliebt?

Na prima, Steve hat das Auto mal wieder nicht getankt. Sie bog auf die Tankstelle und tankte. *Jeden Tag eine gute Tat,* dachte sie und tankte das Auto voll. Sie grinste, denn sie wusste, dass sie genügend Geld in der Tasche hatte. *Ich bringe Monika auch ein paar Blumen mit,* dachte Natascha und griff in ihre Handtasche um ihre Geldbörse mit in die Tankstelle zu nehmen.

«Säule vier, bitte.»
«Gerne, 72 Mark bitte», antwortete die Kassiererin.
Natascha öffnete ihre Geldbörse und erschrak.
Wo war ihr Geld? Sie hatte wohl bemerkt, dass die Börse lange nicht so dick war, wie gestern, doch hatte sie sich dabei nichts gedacht.
Mein Gott, wo ist mein Geld? Ich habe es doch gestern noch in mein Portemonnaie getan! Steve hat die Tasche durchwühlt! Stimmt. Steve hat mir mein Geld weggenommen, geklaut und ich stehe jetzt hier mit keinem Pfennig in der Tasche. Wie eine Idiotin! Ich weiß, dass ich das Geld in mein Portemonnaie getan habe!
«Sind Sie eingeschlafen oder warum zahlen Sie nicht?» Die Kassiererin war ärgerlich, wegen der riesigen Schlange hinter Natascha.
Es nützte alles nichts, Natascha zückte die EC Karte.
Sie schaute auf die Uhr, um das Datum zu ersehen.
Mist, da ist noch kein Geld drauf. Doch sie versuchte es trotzdem.
Minuten später spuckte der Kartenautomat einen Fehlercode aus.
«Ihre Karte funktioniert nicht! Wahrscheinlich haben Sie kein Geld auf dem Konto!»
Natascha schwieg. Ihr war es furchtbar peinlich.
Alle Leute sahen sie so merkwürdig an.
Na prima, tiefer kann ich nicht sinken!
Doch es wurde noch schlimmer.
Die Kassiererin bediente jetzt erst einmal die anderen Kunden. Die junge Frau hatte wahrscheinlich

Angst, dass Natascha verschwinden würde, denn sie beobachtete Natascha ganz genau. In der Zwischenzeit versuchte Natascha, Steve zu erreichen.
Er schlief wohl noch, dann hatte er immer sein Telefon aus, und Natascha konnte ihn nicht erreichen.
Sie wählte Monikas Telefonnummer.
«Hey Monika, sag, kannst du mir einen Gefallen tun? Ich stehe an der Tanke in der Hermanstraße. Kannst du bitte hierherkommen und 80 Mark mitbringen? Bekommst du zurück, sobald ich Geld auf dem Konto habe.»
«Gerne!», sagte Monika, «doch leider habe ich noch kein Geld bekommen. Kann ich dir nächste Woche leihen.»
«Scheiße, das hilft mir nicht. Okay, danke trotzdem. Dann bis nachher, bei mir dauert es noch etwas!», erwiderte Natascha und legte auf.
Sie versuchte es noch einmal bei Steve. Der schlief wohl immer noch, Natascha war auf hundertachtzig.
Was bildet sich dieser Penner eigentlich ein? Selbst von dem Geld meines Auto-Verkaufes habe ich keinen Pfennig gesehen und jetzt holt der mein Geld aus meiner Tasche.
Natascha war so aufgeregt, das sie nicht mitbekam, dass die Dame bereits ihren Chef gerufen hatte.
«Was soll denn das, mein liebes Fräulein», hörte sie eine Stimme sagen. Nicht, dass sowieso alles schon peinlich genug war, musste Natascha auch noch Tom anlegen.

«Sie wissen, das wir jetzt eine Anzeige machen müssen?»
«Nein, lassen sie mich kurz nach Hause fahren und ich bringe ihnen Geld vorbei.»
«Trotzdem füllen wir gemeinsam die Anzeige aus und sie lassen mir ihren Ausweis hier als Pfand. Diese Anzeige geht nur zur Polizei, wenn sie nicht wieder kommen.»
«Habe ich eine Wahl?», murmelte Natascha. Doch sie vergaß völlig, dass ihre Wut eigentlich nicht dem Chef der Tankstelle galt, sondern ihrem Freund.
Dieser Mann war zwar nicht diskret, aber freundlich. An dieser Tankstelle war der Sprit günstig, somit war die Tankstelle sehr gut besucht. Natascha schaute beschämt um.
Nachdem sie alle Unterschriften und Personalien abgegeben hatte, erklärte der Tankstellenbesitzer: «Bis morgen Mittag haben Sie Ihre Schulden bezahlt, wenn nicht, dann zeige ich Sie an.»
«Ja, Sie können sich darauf verlassen!»
Sie hatte Angst mit ihrer Wut und Enttäuschung nach Hause zu fahren und entschied sich, erst einmal ihre Freundin zu besuchen.
«Hey, schön, dass du da bist!»
«Ich freue mich auch, hier bei dir zu sein. Ich muss dir was erzählen. Ich bin so sauer, das kannst du dir gar nicht vorstellen.»
«Aber erst frühstücken wir!», erklärte Monika lächelnd.

Natascha erzählte während des Frühstücks die ganze Geschichte, mit dem Geld, dem Tanken und wie der Tankstellenbesitzer reagiert hatte.
«Ja, und jetzt möchte ich mein Geld zurück haben. Ich weiß nur noch nicht, wie!»
«Was muss eigentlich noch passieren, dass du deine Augen öffnest? Wie hat meine Omi immer gesagt: Menschen treten in unser Leben und begleiten uns eine Weile. Einige bleiben und hinterlassen ihre Spuren, doch einige sollten gehen, denn auch sie hinterlassen ihre Spuren. Er wird dich so zerstören, dass du nie mehr auf einen grünen Zweig kommst! Mach deine Augen auf, verdammt! Es gibt noch andere Mütter mit hübschen Söhnen!»
«Ja, ich weiß, du hast ja Recht! Aber ich weiß nicht, wo ich hin soll! Und jetzt ist auch mein ganzes Geld weg!»
«Und? Glaubst du nicht, dass es eine andere Möglichkeit auch für dich gibt? Es gibt andere, bessere Männer!»
Natascha wollte jetzt nicht mehr an Steve denken und fragte Monika: «Weißt du noch von dem Stammkunden im Markt, von dem ich dir erzählt habe? Anna hatte ihm meine Nummer gegeben, als ich Tom bekam. Er heißt Mario und ist wirklich voll süß.»
«Klar erinnere ich mich, hatte ich doch immer die Hoffnung, dass du eines Tages von Steve loskommst und einen besseren Mann bekommst.»

«So, so, du hoffst das also für mich?» Natascha lächelte.
«Wann trefft ihr euch mal?»
«Wie soll denn das klappen, habe doch Tom und außerdem ...»
Monika fiel ihr ins Wort: «Du brauchst was für dein Ego, für dein Selbstbewusstsein also! Los, triff dich mit ihm! Fred und ich passen schon gut auf Tom auf. Nun, was meinst du? Ist das eine gute Idee?»
Natascha gefiel der Gedanke. Sie wusste, dass Fred Steve umbringen würde, wenn er Terror machen würde. Zu sehr hasste er ihn.

Etwa 15 SMS später stand die Uhrzeit und der Treffpunkt fest. Zur Mittagszeit trafen sich Natascha und Mario in einem Park. Sie wusste nicht, wie lange Tom Ruhe geben würde und sie wusste auch nicht, wie lange die abgesaugte Milch reichen würde, sie wusste aber, dass sie auf ihre Freundin hören würde und den Nachmittag in vollen Zügen genießen würde.
Sie war sehr aufgeregt und stellte fest, dass sich ihr Körper nach Zärtlichkeit verzehrte.
«Hier Natascha, ich habe dir dein Geburtsgeschenk mitgebracht!»
Natascha packte eilig aus und in einer kleinen Schmuck-Schatulle lag eine Kette. Auf dem Herzanhänger stand Tom auf der einen Seite und auf der anderen Seite, mein Engel. Natascha freute sich sehr über dieses Geschenk, Tränen standen in ihren Au-

gen. Mario bemerkte dies und hob zärtlich mit seinen Fingern Nataschas Kinn an.
«Mein Engel steht da, weil du mein Engel bist!» Natascha blickte Mario tief in die Augen und ehe sich ihr Gehirn einschaltete, küssten sie sich. Es fühlte sich an, als würde sich die Welt drehen, als würde ein riesiges Schloss aufgehen und sie würde in einem mit großer Liebe durchzogenen Rosenpark wandeln. Es war toll, die Küsse wurden gieriger, sie streichelten einander die Körper unter den Shirts.
Sie wollten nicht auffallen, daher gingen sie schnell zu Mario nach Hause.
Sie wollte mehr. *Was soll das?*, der Gedanke kam ihr in den Sinn, aber sie ließ ihn gehen. Die Vernunft schaltete sich aus, oder war gerade das vernünftig? *Egal, ich genieße und später schaue ich weiter.*
Mario wusste damals nicht, dass sie ihn nur brauchte, um sich von Steve zu lösen. *Er liebte mich unheimlich. Dem habe ich ganz schön das Herz gebrochen.*

Sie verbrachten einige wunderbare Stunden miteinander, sie liebten sich wie Ertrinkende, und Natascha war gestärkt für den Kampf mit Steve.
«Bitte Mario, melde dich nicht bei mir, er bringt mich sonst um.»
Mario war traurig: «Und? Bekomme ich keinen Kuss zum Abschied? Vielleicht auch: ‚es war ein wunderbarer Nachmittag‘?»
«Welche Erwartungen hast du?»
Mario sah sie nur wie ein treuer Hund an.

«Also, ciao, bitte ruf mich nicht an, bitte schick mir keine SMS, kontaktiere mich niemals von dir aus! Ist das okay?»
Seine Gefühle waren Natascha im Grunde auch egal.

Denn nur, wenn Du selbst glücklich bist,
kannst Du andere glücklich machen.
Unbekannt

Monika brauchte nicht zu fragen, wie es war, sie sah Nataschas entspannte Gesichtszüge. Die Frauen lächelten sich an. Fred wusste von alle dem nichts, er dachte, Natascha hätte einen Arzttermin. Natascha umarmte Monika: «Vielen Dank für deinen Rat, das Frühstück und fürs Babysitten!»
«Pass gut auf dich auf!»
«Ja, mach ich!»
Jetzt musste sie nach Hause, es gab keinen anderen Weg. Sie musste ihre 4600 Mark zurück bekommen. Es war das hart verdiente und gesparte Geld ihrer Oma.
Verdächtig war nur, dass Steve an diesem Tag keinen einzigen Kontrollanruf tätigte.
Wieso hat der Kerl heute nicht angerufen, sonst macht er das doch immer! Ist schon komisch!

«Steve, bist du wach?», rief sie, als sie die Wohnung betrat.

Sie hatte Angst und keine Ahnung, wie das alles ausgehen würde. Sie hoffte nur, dass er Rücksicht auf Tom nehmen würde.

Natascha ist sichtlich aufgewühlt und verlässt ihren Computer. Es ist spät geworden, sie muss jetzt unbedingt schlafen, sonst kann sie morgen ihren Kurs nicht in voller Konzentration abhalten. Die Kursteilnehmer haben das Training bezahlt, also muss sie auch fit sein. Thema morgen? Glück!
Was kann ich tun, um glücklich zu sein und was ist überhaupt Glück?

Die meisten Menschen sind so glücklich, wie sie es sich selbst vorgenommen haben.
Abraham Lincoln

Dazu sollte ich mir noch ein paar Gedanken machen, damit es für alle verständlich ist. Mmmh, ich erzähle zuerst die Geschichte von ... mal sehen, welche nehme ich denn?
Natascha kramt in ihrem Bücherregal, brummelt ärgerlich. *Wo habe ich das denn hingetan? Es sollte eigentlich hier stehen. Ah, da ist es ja.*
Natascha blättert in den Seiten.

Glück ist Ansichtssache[4]

Eine chinesische Geschichte erzählt von einem Bauern, der ein altes Pferd für die Feldarbeit hatte. Eines Tages entfloh das Pferd in die Berge, und als alle Nachbarn des Bauern sein Pech bedauerten, antwortete der Bauer: «Pech? Glück? Wer weiß?»

Eine Woche später kehrte das Pferd mit einer Herde Wildpferde aus den Bergen zurück, und diesmal gratulierten die Nachbarn dem Bauern wegen seines Glückes. Seine Antwort hieß: «Pech? Glück? Wer weiß?»

Als der Sohn des Bauern versuchte, eines der Wildpferde zu zähmen, fiel er vom Rücken des Pferdes und brach sich ein Bein. Jeder hielt das für ein großes Pech. Nicht jedoch der Bauer, der nur sagte: «Pech? Glück? Wer weiß?»

Ein paar Wochen später marschierte die Armee ins Dorf und zog jeden tauglichen jungen Mann ein, den sie finden konnten. Als sie den Bauernsohn mit seinem gebrochenen Bein sahen, ließen sie ihn zurück. War das nun Glück? Pech? Wer weiß?

Ja, die Geschichte nehme ich. Aber jetzt ab ins Bett.

Natascha macht sich fürs Bett fertig. Sie grübelt noch eine Weile und schläft tief und fest.

Gutgelaunt und fröhlich steht sie am Morgen auf. Der Tag läuft genau so, wie sie ihn geplant hat. Erfüllt und glücklich setzt sie sich abends wieder an

4 Geschichten, die gut tun, Weisheit für jeden Tag, Anthony de Mello

ihren Computer, um an der Geschichte weiter zu schreiben.

«Ich bin in der Küche!», rief Steve. «Was gibt's?»
«Sag mal, wo ist das Geld meiner Oma? Ich stand wie ein Trottel auf der Tanke und der Mann will mich anzeigen!»
«Du glaubst doch nicht, dass ich dich mit so viel Geld alleine lasse?»
«Okay, dann gib es mir jetzt. Ich brauche es und ich werde es hier im Haus lassen für Notfälle. Außerdem möchte ich Tom's Zimmer einrichten.»
Steve ging nicht auf Nataschas Ausführungen ein.
«Komm mal mit, Schatz, ich muss dir was zeigen.»
Natascha klammerte sich an Tom, den sie immer noch auf dem Arm hielt und folgt Steve.
Sie verließen das Haus und gingen in die Garage. Natascha war gespannt, was jetzt kommen würde. Steve öffnete die Garage und lächelte: «Ich habe es endlich geschafft, die Harley wieder zum Laufen zu bringen. Nun können wir mal eine Spritztour machen. Und ich habe mir auch noch breitere Reifen gekauft.»
«Wie kommst du denn nun darauf? Hast du nicht immer gesagt, das machst du, wenn mal Geld übrig ist …?» Und noch bevor Natascha den Satz ausgesprochen hatte, fielen ihr die 4600 Mark ein.
«Du hast aber jetzt nicht das Geld von meiner Oma in dein Motorrad gesteckt?»
«Nein, nur einen Teil, wir sind doch ein Paar und du

willst doch wohl, dass es mir gut geht!» erwiderte Steve.

Natascha konnte es nicht fassen.

«Wie viel Geld ist denn von den 5000 Mark noch übrig?»

«Es waren nur 4600 Mark und jetzt komm mir nicht blöd! Du hast dir und Tom ja auch was gegönnt!»

Mit der Erkenntnis, dass sie ihr Geld nicht wieder sehen würde und Tränen in den Augen schlich Natascha ins Haus zurück. Fassungslos schüttelte sie ihren Kopf. Sie dachte an die Tankrechnung und die Anwaltskosten, die noch bezahlt werden mussten. Was wohl aus der offenen Klage geworden war? Sie dachte an die offene Stromrechnung und an den leeren Kühlschrank.

Steve folgte ihr ins Haus und als die Tür der Wohnung mit einem Klacken ins Schloss fiel, flippte Natascha aus.

«Was ist eigentlich mit dem Anwalt? Bekommt der nicht auch noch Geld? Was ist aus dem Verfahren geworden?

«Welches Verfahren?», fragte Steve.

«Tu doch nicht so!! Du bist echt das Letzte, man kann doch nicht alles so verdrängen! Die Polizei war doch nicht umsonst hier damals! Wann willst du erwachsen werden? Jetzt gib mir den Rest des Geldes, ich werde den offenen Strom bezahlen.»

«Anderer Ton, Fräulein», antwortete ihr Steve.

«Anderer Ton?», wiederholte Natascha. «Du hast

doch nicht mehr alle Tassen im Schrank! Ich hätte längst schon was sagen sollen!»

Steve wurde wütend, packte ihren Hals und würgte sie.

«Bring Tom ins Bett und dann unterhalten wir uns weiter. Dir werde ich mal wieder Manieren beibringen müssen.»

Er ließ ihren Hals los und Natascha sank mit Tom auf den Arm auf den Boden. Tom schaute sie ängstlich an. «Hab keine Angst, mein Schatz», flüsterte sie, «ich beschütze dich!»

Sie ging ins Bad und machte Tom fürs Bett fertig. Natascha trödelte, denn sie hatte große Angst sich mit Steve zu konfrontieren.

Es nützte alles nichts, die Minuten vergingen und Tom schlief fast auf ihrem Arm ein. Sie legte ihn vorsichtig ins Bett und küsste ihn.

Bevor sie sein Zimmer verließ, legte sie eine CD mit Kinderliedern in den CD-Player ein. Sie wusste, dass dieser Abend laut werden würde. Sie betete und schloss die Tür zu Toms Zimmer.

In der Küche goss sie sich ein Glas Wasser ein, sie hörte, dass Steve telefonierte. Verstehen konnte sie nichts, hörte nur, dass er lachte. Sie blieb in der Küche und versuchte unsichtbar zu sein, während sie Schluck für Schluck ihr Wasser trank. Sie hatte Angst, unsagbare Angst. Sie war traurig und war in schrecklicher Not. Nach wenigen Minuten hörte sie, wie er ins Bad ging und wiederum wenige Minuten

später hörte sie das Rauschen der Dusche.
Langsam schlich sie ins Wohnzimmer. Plötzlich klingelte Steve's Handy, das auf dem Wohnzimmertisch lag. Jetzt tat Natascha etwas, was sie noch nie getan hatte, sie nahm Steve's Handy und drückte die grüne Taste.
«Miller, hallo!»
«Wer ist da?», fragte eine Frauenstimme.
«Wer ist denn da?», fragte Natascha zurück. «Und wen möchten sie sprechen?»
«Ich hätte gerne Steve gesprochen!»
«Mein Mann duscht gerade!» Nataschas Stimme klang patzig.
«Ihr Mann?», fragte die Stimme am anderen Ende.
«Ja genau, mein Mann, und soll ich ihnen noch etwas sagen? Wir haben auch ein Kind zusammen!»
«Wie ein Kind?»
«Ja genau, unser Sohn ist gerade frisch auf die Welt gekommen.»
«Das ist nicht ihr Ernst!», antwortete die Stimme am anderen Ende und legte auf.
Steve öffnete die Tür des Badezimmers und ehe sich Natascha umdrehen konnte, stand er schon hinter ihr.
Mit dem Blick auf sein Handy fragte er: «Was tust du da?»
«Es hat gerade eine Frau angerufen und als ich ihr sagte, dass du eine Frau und ein Kind hast, legte sie einfach auf!»

«Sag mal, du Schlampe, was bildest du dir eigentlich ein! Ist dir die Geburt in den Kopf gestiegen?»
Er schupste Natascha ins Wohnzimmer.
«Hör auf damit!», schrie Natascha, «es reicht!»
Natascha stolperte: «So klappt das nicht, ich lasse mir das nicht mehr gefallen.»
Steve lachte laut: «Und was willst du mir damit sagen?»
«Wo ist mein verdammtes Geld!?» Natascha brüllte jetzt.
«Du sollst auf deinen Ton achten, sonst haue ich dir deine freche Schnauze aus deinem holen Kopf.»
«Ich bin nicht hohl und wer ist die Alte vom Telefon gewesen?»
Natascha stellte sich ganz nah vor Steve und wartete auf eine Antwort. Sie wiederholte ihre Fragen.
«Von deinem Geld wirst du keinen Pfennig mehr sehen», Steve's Stimme triefte vor Hohn. «Du glaubst doch nicht, dass ich dich und den kleinen hier Monate lang durchfüttere! Und die Alte bläst mir mal ordentlich den Schwanz und geht mir nicht auf den Sack!»
«Du bist so ein dreckiges Arschloch!», schrie Natascha und ehe sie sich versah, holte Steve aus und schlug Natascha mitten ins Gesicht, sodass sie zu Boden ging. Sie wand sich vor Schmerz, jetzt war sie erst richtig wütend, stand wieder auf: «War das alles, du dumme Sau? Mehr hast du nicht in Petto?»
Und wieder schlug Steve zu. Und wieder ging Natascha zu Boden. Sie hatte unsagbare Schmerzen, sie

wehrte sich verzweifelt. Ihre Nase blutete stark. Sie suchte auf dem Boden einen Punkt um ihren Kreislauf wieder unter Kontrolle zu bekommen.
«Musste es wieder soweit kommen?», brüllte Steve, «ich hoffe, du bist jetzt wieder in Linie, kleine Fotze! Du lernst es aber auch nicht!»
Natascha stand auf und schaute Steve hasserfüllt an. Es kümmerte ihn nicht, dass Natascha das Blut in Strömen über das Gesicht lief.
«Wow, bist du stark und toll. Frauen schlagen! Weltklasse! Aber war das schon alles, du Wichser?»
Er schnappte blitzschnell Nataschas Hals und schlug sie mit dem Kopf gegen die Wand. Natascha sank ohnmächtig zu Boden.
Steve packte sie an den Schultern und legte sie auf das Sofa.
Nach einer Weile erwachte Natascha wieder, sie brauchte einen Moment, um sich im Raum zu orientieren.
Steve schaute sie vorwurfsvoll an und schrie: «Was ist denn bei dir los? Es war doch alles reibungslos. Du hast die Regeln so gut befolgt.»
«Das kann ich dir sagen, du klaust mein Geld, belügst mich, betrügst mich, lebst in der schwarzen Seite der Welt. Und was viel schlimmer ist, dass ich dich verachte und abgrundtief hasse!»
Noch nicht ganz ausgesprochen, packte er Natascha und stellte sie vor sich. Mit der rechten Hand wischte sie sich das Blut von den Augen und blickte ihn hasserfüllt an.

Steve war sichtlich überfordert mit der Situation und forderte Natascha noch einmal auf, kleine Brötchen zu backen und es nicht zu übertreiben.
«Nicht zu übertreiben?», schrie Natascha. «Das ist doch nicht dein Ernst? Du bist echt der letzte Abschaum, armer dummer Idiot, Schläger.» Steve schlug ihr wieder ins Gesicht, sie fiel um wie ein Baum. Er packte die Stereoanlage, die im Wohnzimmer neben ihr stand und schlug sie ihr auf den Kopf. Natascha dachte, *der will mich umbringen*. Es war sehr laut. Von oben hörte man ein Klopfen der Nachbarn, die sich über den Lärm beschwerten und Tom wurde wach. Er weinte herzzerreißend. Natascha weinte, konnte aber nicht aufstehen. Sie hatte schlimme Schmerzen. Der Fußboden war voller Blut. Steve ging zu Tom, um den Jungen zu beruhigen und rief: «Wasch' dir das Blut aus dem Gesicht und kümmer' dich um deinen Pans.»
Natascha schleppte sich ins Bad, sie hatte Probleme zu sehen, da ihre Augen dick geschwollen waren. Sie ließ kaltes Wasser laufen und wusch vorsichtig ihr Gesicht. Sie hörte wie Tom jähzornig wurde und sich nicht beruhigte.
Nachdem sie sich ein wenig beruhigt hatte, ging sie zu Tom ins Zimmer, der Kleine wand sich in seines Vaters Armen. Natascha stellte sich neben Steve und nahm Tom vorsichtig zu sich.
Tom erblickte seine Mama und wurde sofort still. War er froh, dass seine Mama lebte?

Natascha wollte ihn wieder in sein Bett legen. Doch Tom ließ es nicht zu, so, als wolle er seine Mutter beschützen.

«Da siehst du, was du wieder angerichtet hast! So dumm kann man doch nicht sein. Ich bin arbeiten. Wehe, du stellst Scheiße an!» Steve verließ das Haus. Kein tschüss, kein Sorry, kein meld dich, wenn's dir schlecht geht oder brauchst du einen Arzt.

Natascha wusste, jetzt war das Fass voll. Sie telefonierte mit Monika und erzählte ihr, was passiert war.

«Weißt du, Natascha», sagte Monika, «du wirst einen Menschen nicht ändern, du musst dich ändern. Du musst einen Weg finden, so zu leben wie du es möchtest.»

Wenn du immer das tust, was andere von dir erwarten, steht irgendwann auf deinem Grabstein: Ihr Leben hat allen anderen gefallen, nur ihr nicht!
Inspiriert von Lisa Fitz

Monika hatte Recht. Doch Natascha fühlte sich einsam und mittellos. Monika hatte ihr eigenes Leben und war beruflich sehr eingespannt. Sie war mit Fred glücklich verheiratet, hatte dennoch ihre Freiheit und in Fred einen verständnisvollen, liebevollen Mann. Fred verachtete Steve und hatte wenig

Verständnis für Nataschas Abhängigkeit. Wohin sollte sie? Wovon sollte sie leben? Sie stand alleine da.
Sie schluckte eine Schmerztablette und legte sich mit Tom ins Bett. «Ich schlafe mal drüber, Tom, morgen sieht die Welt wieder besser aus», belog sich Natascha und auch ihren Sohn.
Aber Natascha konnte nicht einschlafen, die Gedanken kreisten in ihrem Kopf und dabei sah sie ihren Sohn an und erinnerte sich an das Versprechen, das sie einst gab. Wie wichtig war es doch, dieses Versprechen einzuhalten.
Wie kann ich diesen Mann verlassen? Ich kann nicht einfach gehen! Er wird mich überall finden und dann Gnade mir Gott!
Sie dachte an seine Drohungen der Vergangenheit. Sie war sich sicher, Steve würde sie umbringen und er würde ihr Tom nehmen. Einfach nur, weil er den Ton angab. Sie erinnerte sich an einen Freund von ihm, dessen Freundin ihn verlassen wollte. Sie ging auf den Strich. Sie liebte ihren Freund nicht mehr, doch dieser wollte auf das Geld nicht verzichten und forderte eine Ablöse.
Die wirklich nette junge Frau weigerte sich diese zu zahlen und wurde daraufhin von ein paar Helden im Wald zusammen geschlagen. Sie wusste, dass Steve auch zu so einer Tat imstande wäre.
Obwohl es Tom gab? Ja, musste sich Natascha eingestehen. Denn er hatte sich überhaupt nicht verän-

dert. Mit diesen trüben Gedanken schlief Natascha endlich ein. Wirre Träume begleiteten sie in dieser Nacht.
Die Sonne kitzelte sie an der Nase, als sie endlich aufwachte. Es war schon heller Tag. Tom schaute sie an, und sie sah sein Lächeln.
«Guten Morgen, mein kleiner Sonnenschein! Hast du gut geschlafen?»
Tom quiekte und freute sich Natascha zu sehen.
«Ja, du und ich, wir gehören zusammen und ich habe dir versprochen, auf dich aufzupassen. Und hier bei Steve, da kann ich nicht richtig auf dich aufpassen. Wir beide, wir gehen, noch heute! Das bin ich dir schuldig! Du hast es verdient, ein unbeschwertes Leben zu führen, fernab von Gewalt und Drogen. Du sollst in Liebe leben und sicher sein. Und nicht eines Tages als Disko-Türsteher enden und Drogen verkaufen.»
Natascha kümmerte sich gerade um Tom, als es an der Tür klingelte.
«Guten Tag, sind Sie Frau Milauf?»
Natascha antwortete zickig: «ja!», und versuchte zu erkennen, wer an der Tür stand.
«Wegen offenen Zahlungen möchte ich Ihnen heute die letzte Chance geben, Ihren Strom zu bezahlen. Sollten Sie dies wieder nicht machen, werde ich den Strom abschalten.»
Natascha war ziemlich nervös, wie sollte sie jetzt an Geld kommen?

«Einen Moment!», antwortete Natascha und bemerkte den neugierigen Blick ihrer Nachbarin. Als sie das dick geschwollene blutige Gesicht bemerkte, schaute sie weg. Natascha schlich leise ins Wohnzimmer und suchte Steve's Portemonnaie, dieser schlief, Gott sei Dank, noch tief und fest.
Sie fand die Geldbörse in seiner Jackentasche und zog sie geräuschlos hinaus. Zum Glück waren 500 Mark drin. Sie entnahm das Geld und zahlte dem Mann 489 Mark. So konnte sie die Stromsperre abwenden. Das war jetzt wohl der Rest ihres Geldes. *Schade, aber nicht zu ändern!*
Mit Tom auf dem Arm machte sie sich fertig. Sie schminkte sich die blauen Flecken weg, zog eine Mütze tief ins Gesicht, und ging in die Stadt. Sie lief ziellos umher und suchte nach einer Lösung. Ihre Gedanken fuhren Karussell. Sollte sie Mario nutzen, um den Absprung zu schaffen? Zur Polizei gehen? Zu einem Anwalt? Zu Monika? *Was soll ich tun?*
Zu Mario, das kam für sie nicht in Frage, denn sie wollte dies alleine schaffen. Niemanden wollte sie in Gefahr bringen. Sie schnappte sich ihr Handy und schaltete die Nummernübertragung aus, dann wählte sie 110.
«Polizei Direktion, was kann ich für sie tun?»
«Mein Freund verprügelt mich, was kann ich da tun? Habe ich eine Chance mich zu schützen?»
«Sie können ihn anzeigen oder eine einstweilige Verfügung erwirken und dann darf sich ihr Part-

ner der Wohnung nicht mehr nähern. Werden Sie im Moment bedroht? Soll ich einen Streifenwagen schicken?»

Ja genau, dachte Natascha: «im Moment werde ich nicht bedroht, und was tue ich, wenn er trotz der Einstweiligen Verfügung kommt?»

«Dann rufen Sie uns an und wir kommen, um ihn aus der Wohnung zu entfernen.»

Natascha überlegte kurz, wie weit die Polizei von ihrem zu Hause entfernt war und stellte mit Erschrecken fest, dass es mindestens 20 Kilometer waren, durch die Stadt und selbst, wenn die Beamten direkt losfahren würden, bräuchten sie 30 Minuten. *Keine gute Idee,* stellte Natascha fest und legte einfach auf.

Sie ging zur Post und blätterte im Telefonbuch. Sie suchte nach einem Anwalt.

Ich brauche jemand, der Eier in seiner Hose hat. Einen, der keine Angst hat und sich traut, mit Steve Tacheles zu reden.

Ehe sie sich versah hatte sie einen Termin vereinbart. Sie hatte ein Ziel vor Augen, sie wollte frei sein. Sie kannte zu diesem Zeitpunkt noch nicht die Zusammenhänge zwischen Aktion und Reaktion. Wenn man ein Ziel vor Augen hat, kommen die Dinge auf einen zu und das Ziel kommt näher. Natascha hatte keine Ahnung, wie lange und schwer der Weg noch werden würde, aber sie hatte den festen Willen, dies jetzt durchzuführen.

«Frau Milauf, wenn sie so nett wären, kurz zu erläu-

tern, warum sie eine Beratung möchten. So können wir uns auf den Termin vorbereiten.»
«Natürlich, ich möchte meinen Freund verlassen und ich glaube, ich muss eine Verfügung oder so beantragen.»
«Wieso denken sie das? Sind sie Gewaltopfer?»
«Nein», antwortete Natascha, «ich bin es doch selber schuld, im Grunde meint er es nur gut. Aber ich kann so nicht mehr leben.»
«Okay», antwortete die freundliche Stimme am anderen Ende der Leitung. «Als Gewaltopfer müssen sie ein paar Einblicke in ihr Leben geben. Waren Übergriffe bereits polizeilich aufgenommen worden?»
«Nein», antwortete Natascha, während sie über die Aussage Gewaltopfer nachdachte.
«Bitte schreiben Sie detailliert auf, was Sie erlebt haben und kommen Sie morgen um zehn Uhr in unser Büro. Sollten Sie bis morgen in Not geraten, rufen sie bitte die Polizei, um sicher zu sein. Machen Sie es gut.»
«Danke und bis morgen!» Mechanisch ließ Natascha das Handy sinken und starrte ins Leere.

Gewaltopfer

Natascha dachte viel über die Übergriffe nach, die Beleidigungen, die Abhängigkeit. Sie schrieb auf, was ihr in den Sinn kam, doch sie musste feststellen, dass sie doch viel verdrängte.
Was so in den Jahren zusammengekommen war, schockierte sie. Die Angst wurde größer. Sie dachte an die Drohungen. Sie erinnerte sich an Eine speziell. «Wenn du mich verlässt, nehme ich dir den Kleinen und wenn ich gut drauf bin, bringe ich dich um!» Steve hatte es höhnisch und siegessicher gesagt. Immer, wenn er merkte, dass sie unzufrieden war, erinnerte er sich an seinen Sohn.
«Es hilft alles nichts! Jetzt oder nie! Ändere etwas, sonst ändert sich nichts! Beweg deinen Arsch, Natascha und suche dein Glück.» Sie sprach sich selbst Mut zu.
Sie ging wieder nach Hause, mit Tom. Sie bemühte sich, gelassen zu sein, nur um Steve nicht zu reizen. Die Begegnung verlief dann auch reibungslos und Steve ging kurz darauf zur Arbeit. So konnte sie die Nacht unbeschwert erleben.
Es war ein befreiender Schlaf, ihr Entschluss stand fest und er nahm ihr die Last von den Schultern.

Mit einem Lächeln betrat sie die Büroräume des Anwaltes. Die Räume waren hell und modern. Alles machte einen sehr guten Eindruck und Natascha fühlte sich wohl. Die Anwaltsmitarbeiterin bat sie noch für einen kurzen Moment im Wartezimmer Platz zu nehmen.

«Was ist Ihnen denn passiert?», hörte sie eine Männerstimme, während sie sich im Raum umsah. Natascha wusste nicht recht, was der Mann meinte, doch sie bemerkte, dass er sehr attraktiv war. *Ach du lieber Gott, die blauen Flecken im Gesicht meint er. Ganz verdrängt,* dachte Natascha.
«Wissen sie», antwortete Natascha. «Ab Heute wird alles gut!» Sie lächelte, denn sie hasste den mitleidigen Blick des Herren.
Sie griff sich eine Zeitung, schlug sie auf und vertiefte sich in die Buchstaben. Sie bemerkte ein Paar auf einem Foto, das sich offenbar nichts mehr zu sagen hatte
Ins Handeln kommen wir erst, wenn die Schmerzgrenze erreicht und überschritten ist. Erst dann erfolgt Veränderung. Warum stecken so viele Menschen in einer Beziehung, ohne großes Begehren, ohne Elan und Lust, ohne viel Spaß? Ja, Sie verbinden zwar wenig Freude mit der momentanen Situation, aber ebenso schwingt Angst (Schmerz) vor dem Alleinsein mit. Doch der Schmerz ist noch nicht groß genug. Also dümpelt die Beziehung weiter vor sich hin - ein Schrecken ohne Ende, ein Leben ohne große Freude. Wie lange noch?
Natascha hörte auf zu lesen und schaute aus dem Fenster. Die Sonne schien und sie sah einen Heiß-

luftballon. *Sollte dies ein Zeichen sein? Hatte ich die Antwort bereits vor Wochen gehabt, als ich auf dem Fußboden im Flur meiner Wohnung gesessen habe?* Selbst der schöne Anblick des Heißluftballons brachte sie nicht runter. Sie war nass geschwitzt. *Lieber Gott, bitte lass die Zeit schnell vorbei gehen. Und schenke mir bitte viel Kraft. Ach und bevor ich es vergesse,* ergänzte sie, *Sorge dafür das Steve schnell eine neue feste Freundin hat. Dann lässt er uns sicher unser Leben leben.*
Eine halbe Ewigkeit saß sie in diesem Wartezimmer. Als Natascha dann endlich im Zimmer des Anwaltes saß, wusste sie, warum sie so lange warten musste. Der Anwalt hatte sich ihre zusammen geschriebene Auslegungen der Sachverhalte, wie er es so schön nannte durchgelesen.
«Frau Milauf, ich kann Ihnen sagen, dieser Mann lässt Sie nicht einfach so gehen, das muss Ihnen klar sein. Laut der Gesetzgebung können Sie eine Einstweilige Verfügung beantragen, dies wird vom Gericht geprüft und gegebenenfalls wird Herr Miller dazu noch befragt. Sollte diese dann ausgestellt sein, könnte es passieren, dass, wenn er Ihnen zu nah kommt und dies zum wiederholten Male, er zur Sicherungsverwahrung kurzzeitig in Gewahrsam kommt. Aber ich muss Ihnen auch sagen, dass dies nicht von langer Dauer ist. Außer es ist eine schwere Körperverletzung oder sogar versuchte Tötung! Sie müssen sich bewusst werden, dass dies ein schwerer Gang wird. Ist Ihr Freund Amerikaner oder woher kommt der Name?»

«Nein», antwortete Natascha, «er ist Deutscher, jedoch war sein Großvater Amerikaner, soweit ich weiß.»
«Hat er noch Kontakt in die USA? Ich frage deshalb, um über Kindeswohl-Gefährdung nachzudenken. Bis jetzt hat er Ihrem gemeinsamen Sohn noch nichts getan. Aber da Sie als unverheiratete Frau die alleinige elterliche Sorge haben und somit das Aufenthaltsbestimmungsrecht, mache ich mir Gedanken, ob er eventuell mit dem Kleinen in die USA geht.»
Natascha war sichtlich überfordert und brach in Tränen aus. Die Schluchzer schüttelten ihren ganzen Körper. *Wie naiv ich doch war. Ein schöner Traum, aber das überlebe ich nicht.*
Sie entschloss sich ihre Handtasche zu schnappen und einfach nach Hause zu fahren, sich ganz ihrem Schicksal zu ergeben.
«... oder aber ...», ganz langsam drang die Stimme des Anwalts wieder in ihr Bewusstsein. Sie gehen zeitgleich mit der Beantragung in ein Frauenhaus. So sind Sie und Ihr Sohn in Sicherheit.»
«Ich werde vor diesem Typen nie sicher sein!», erwiderte Natascha. «Danke für die Beratung, ich werde drüber nachdenken.»
Der Anwalt stand auf und ging zu seiner Garderobe. Dort hing ein kleiner Spiegel, er nahm ihn und hielt ihn der verdutzt drein schauenden Natascha vor ihr Gesicht.
«Sehen Sie, wie er Sie zugerichtet hat? Und Sie wollen drüber nachdenken? Ich hoffe sehr, dass Sie den

Mut haben, sonst landen Sie im Krankenhaus oder am Ende auf einem Friedhof. Denken Sie an Ihr Kind!»

Natascha wischte sich die Tränen aus den Augen und verabschiedete sich. Wie benommen verließ sie das Anwaltsbüro. Als die schwere Tür hinter ihr ins Schloss fiel, wurde die Angst fast unerträglich..

Was sollte sie tun? Sie fühlte sich unglaublich einsam.

Sie erinnerte sich an das Versprechen, das sie Tom gab, noch heute gehen wir ...

Danach zogen wieder Tage ins Land, ohne dass etwas passierte. Sie belog sich selbst. Sie war zu schwach. Zu ängstlich und hoffnungslos. Ohne Mittel, ohne Liebe und ohne Unterstützung ...

Die Nase schmerzte noch höllisch, sicher war sie gebrochen. Doch sollte sie damit zum Arzt gehen? Das war Natascha zu peinlich.

Wie lange wollte sie denn noch warten? Einige Jahre hatte sie jetzt schon vergeudet und auch nach der Geburt von Tom hatte sich nichts geändert. Sie musste etwas unternehmen.

Natascha setzte sich auf die Treppenstufe vor dem Haus des Anwaltes und dachte nach. Sie ließ die Worte des Anwalts und des Polizeibeamten auf sich wirken.

Ihr wurde immer klarer: Wenn nicht jetzt, wann dann! Wenn nicht lebend, dann tot! War es nicht wie

in vielen Bereichen des Lebens? Bei Unzufriedenheit sollte was verändert werden. Theoretisch auch immer einfach zu raten, aber in die Praxis umzusetzen, umso schwerer.
Plötzlich ging ihr ein Licht auf! *Das ist deine Chance! Steve fährt doch mit seinen Kollegen nächste Woche auf ein Motorradtreffen. Das ist die Chance zu verschwinden.*
Sie sprang auf und stürmte wieder in die Räume des Anwalts.
«Herr Maier, ich habe die perfekte Idee. Wie lange dauert das mit der Verfügung?», fragte Natascha.
«Das kann unter Umständen ganz schnell gehen. Bis maximal vierzehn Tage», antwortete ihr der Anwalt.
Natascha war naiv, sie dachte doch im Ernst, dass es nur ein paar Stunden dauerte.
«Bitte bereiten Sie alles für eine einstweilige Verfügung vor, ich habe mich entschieden.»
«Ich freue mich, dass Sie vernünftig geworden sind. Sie sind ein Vorbild für die Vielzahl der Menschen in dieser Welt, die keine Entscheidungen treffen können.» Zum Abschied schüttelte er Natascha die Hand.
Natascha lächelte bescheiden und beschämt. Sie fühlte sich nicht als Vorbild, sondern als Opfer. Der Anwalt öffnete die Tür und teilte Natascha mit, dass er sich melden würde, sobald die Unterlagen fertig sind.

«Okay!», sagte Natascha zu sich selbst. «Und nun? Wohin? Von welchem Geld?»

Sie erinnerte sich an ihr Zelt, das sie noch von den Pfadfindern hatte, ein Iglozelt für zwei Personen. Draußen zwitscherten die Vögel, der Frühling erwachte. «Von den Temperaturen quasi möglich», lachte Natascha in ihrer Verzweiflung.

Während sie so vor sich hin die Straße entlang lief, kreuzte eine Frau Mitte 60 ihren Weg. Natascha schaute die Frau an, die ziemlich unangenehm roch. Sie registrierte die Armut der Frau, das ungepflegte Äußere mit den fettigen, stränigen Haaren. Natascha schüttelte sich. Ein armer Sozialfall. Sozialfall? Sozialhilfe? «Das ist es, ich kann Sozialhilfe beantragen», brüllte Natascha aus sich heraus. Jetzt war sie ihrem Ziel etwas näher gekommen.

Die Dame schaute Natascha erbost an. «Das ist nicht witzig, glauben sie mir, ich würde Einiges geben, um anders zu leben.» Natascha fühlte sich schlecht, dennoch fragte sie die Frau, was sie in diese missliche Lage gebracht hatte.

«Wissen Sie», antwortet sie leise, «ich habe viel gearbeitet, hatte eine tolle Anstellung, und eine ganz tolle Tochter. Sogar meine Beziehung lief großartig. Alles war perfekt. Bis zu einem Tag, an dem meine schlechten Gedanken überhand nahmen. Ich war unglücklich, wollte mehr beruflich, wollte, dass meine Tochter nicht auf die Hauptschule geht, sondern aufs Gymnasium, verfiel dem Kaufzwang und bestellte immer das Neueste vom Neuesten. Ich wollte, dass mein Freund mich endlich heiraten würde. Ich

übte auf ihn Druck aus. In null Komma nichts drehte sich alles und mein so glückliches Leben zerbrach. Ich sah zu diesem Zeitpunkt nicht, dass ich alles hatte, was ich zum Glück brauchte.» Ihre Stimme brach ab. Nach einigen Momenten sprach sie leise weiter: «Meine Tochter starb bei einem Autounfall. Da ich danach sehr kalt und zurückweisend war, verließ mich mein Freund und weil ich keinen Tag mehr zur Arbeit gehen konnte, verlor ich meinen Job. Meine Wohnung wurde mir gekündigt und die Schulden wurden immer mehr. Jetzt lebe ich auf der Straße.»
Die Frau sah Nataschas Blick und fügte hinzu: «Ja, über Selbstmord habe ich auch nachgedacht aber davor habe ich zu viel Angst. Ich habe ein zu schlechtes Gewissen, meine Tochter wieder zu sehen und mich damit auseinander zu setzen, dass ich eine schlechte Mutter war. Sie durfte nie leben, wie sie es wollte. Alle meine nicht erfüllten Erwartungen, projizierte ich auf meine Maus.»
Die Frau konnte ihre Tränen kaum verbergen. «Und soll ich Ihnen noch etwas sagen», fuhr die Frau fort, «Menschen wie Sie, wissen nicht, wie gut sie es haben!»
«Na, das denken sie», erwiderte Natascha.
Die Frau fragte Natascha: «Was essen Sie heute Mittag?»
«Keine Ahnung!», antwortete Natascha, «das werde ich mir noch überlegen, warum?»
Natascha wusste nicht, was die Frau wollte.

«Sehen Sie, Sie überlegen, was Sie sich kochen oder was Sie essen. Ich muss Essen, was ich finde.»
Natascha schluckte und sah der Frau wortlos hinterher. Sie lief wie eine gebrochene Frau. Natascha wendete den Blick ab und sie überkam ein großes Verlangen Tom in den Arm zu nehmen und ihn zu knuddeln. Doch erst wollte sie das Sozialamt aufsuchen.
Im Wartebereich des Sozialamtes sah sie viele arme Leute. Sie war erschrocken über so viel Armut. Sie dachte in Deutschland muss niemand so arm leben. Doch sie wurde eines Besseren belehrt.
Spätestens, als sie in dem Zimmer der Mitarbeiterin saß, wusste sie warum.
«Unter Anbetracht der Tatsache, dass Ihr Sohn noch so jung ist, erhalten sie circa 289 Mark. Sobald sie eine Wohnung haben, die ihrer finanziellen Lage angemessen ist, erhalten sie auch noch Wohngeld.»
Wow, dachte Natascha. *Dann buche ich gleich mal zwei Flüge in die Dominikanische Republik.* Sie grinste leise vor sich hin. Mit dem unterschriebenen Antrag und dem Zettel, welche Unterlagen der Frau noch fehlten, verließ sie das Gebäude.

Natascha rief ihre Schwester an.
«Hey, na wie geht's euch? Du, ich muss dir was erzählen, ich verlasse Steve jetzt endgültig.»
«Ach komm Natascha, das hast du schon so oft gesagt. Laber nicht, tu es, aber halte uns da raus. Du

weißt, ich habe dich lieb, aber ich kann es wegen meiner Familie nicht riskieren, dass er hier auf der Matte steht. Bitte verstehe das.»

Natascha war sehr traurig, denn sie hatte gehofft, dass ihre Schwester ihr helfen würde.

«Ich kann dich verstehen, mach dir keine Sorgen. Die Suppe habe ich mir selber eingebrockt. Dann löffele ich sie auch selber aus.»

Sie sprachen noch eine Weile belangloses Zeug und dann fragte Natascha: «Was kochst du heute?»

«Wieso?»

«Nur so. Keine Ahnung, ich wollte gleich noch etwas einkaufen gehen, mal schauen, was ich für eine Inspiration bekomme.»

Die Frauen verabschiedeten sich und Natascha dachte über die Worte der Frau nach, die sie vorher getroffen hatte.

Wie recht sie hatte. *Uns ist unser Wohlstand nicht bewusst, erst wenn wir in Not geraten.*

Nach der ganzen Rederei übers Essen betrat Natascha kurzerhand ein China-Schnellrestaurant und bestellte gebratenen Reis mit Schweinefleisch.

Sie sah sich im Raum um, während sie auf ihr Essen wartete, als sie die Glückskekse erblickte. Kurzer Hand nahm sie sich einen aus dem kugelrunden Glas und öffnete ihn. Gedankenverloren wiegte sie ihn in der Hand, bevor sie ihn langsam auspackte. Zuerst aß sie den Keks, sie hatte Hunger, und dann faltete sie den Zettel auseinander und las den Text.

Natascha glaubte nicht an Horoskope und auch nicht an Glückskekse. Sie brauchte nicht nur einen Grashalm, sondern einen starken Ast, um sich festzuhalten, für den neuen Weg, den sie einschlagen würde. Und, würde sie es schaffen?

„Those, who know, what they want, can win."
(«Jene, die wissen, was sie wollen, können gewinnen.»)
Unbekannt

Natascha las den Satz noch einmal. Dann fischte sie ihr Handy aus der Tasche und rief bei ihrem Anwalt an.
«Können Sie mir bitte sagen, wo ich die Telefonnummer eines Frauenhauses erhalte?»
Es war ihr, als spräche jemand anderes in das Telefon.
«Rufen Sie doch einmal bei der Caritas an, oder beim Sozialdienst für Frauen.»
Natascha bedankte sich und legte gedankenverloren ihr Handy auf den Tisch, ergriff die Stäbchen und stopfte sich das Essen in den Mund. Es ging ganz mechanisch und sie überlegte, was sie zuerst tun sollte.
In diese Grübeleien hinein klingelte ihr Handy.
«Wann hast du vor nach Hause zu kommen und wo bist du?», ertönte Steves Stimme.

«Ich bin gerade beim Chinesen, soll ich dir was mitbringen?», fragte Natascha.
«Für so was gibst du mein Geld aus? Mach, dass du sofort heim kommst!»
Natascha schüttelte den Kopf. *Der merkt nicht mal, dass ich in Betracht ziehe ihn zu verlassen und dann solch ein Kommentar, nachdem er mein Geld verprasst hat*. Doch sie beeilte sich, zu viel Angst hatte sie, verprügelt zu werden. Gerade in diesen Momenten bemerkte sie, wie alleine sie war.

Zuhause angekommen, bekam sie nur kurz im Flur Tom überreicht und er verschwand. Natascha war es recht, so konnte sie weiter planen. Es waren nur noch wenige Tage bis zu dem Motorradtreffen.
Über die nette Dame beim Sozialdienst hatte Natascha sechs Telefonnummern von Frauenhäusern bekommen und sie begann zu telefonieren. Nach dem dritten Haus und der dritten Absage, wegen Überbelegung, war sie den Tränen nahe. So viel Ablehnung konnte sie im Moment nicht ertragen. Einige Minuten und viele Tränen später versuchte sie es weiter. Auch das vierte und fünfte Haus hatte keinen Platz mehr.
Sie war verzagt, zu sehr quälte sie der Gedanke, keinen Platz für sich und Tom zu finden. Sie riss sich zusammen und wählte die letzte Nummer.
«Nein, tut mir leid, wir haben keinen Platz mehr», sagte die Dame bedauernd am anderen Ende der

Leitung und fuhr fort, «aber versuchen Sie diese Nummer, dort müsste noch ein Zimmer frei sein.»
Natascha war sehr erleichtert, und tippte die Nummer in ihr Telefon.
«Ja, wir haben noch ein Zimmer frei.»
«Gott sei Dank. Ich hatte schon fast meine Hoffnung aufgegeben.»
Sie berichtete von ihrem Plan und sie bekam genaue Anweisungen für den Auszug und ihr Verhalten.
«Können Sie mir die Adresse geben, Frau Becker?», fragte Natascha.
«Nein, das ist nicht üblich, Sie bekommen eine Straße gesagt, wo sie hingehen und Frauen aus unserem Haus kommen Sie dann abholen. Nur so können wir unsere Frauen schützen», erklärte Frau Becker. Die Leiterin des Frauenhauses war sehr nett und verständnisvoll. Das erste Mal hatte Natascha das Gefühl, dass sie verstanden wurde.
Frau Becker legte Natascha nahe, nicht mehr zu lange zu warten. Daraufhin rief sie den Anwalt an.
«Bitte bereiten Sie den Antrag für nächste Woche Freitag vor. Ich gehe ins Frauenhaus.»
«Wann werden Sie gehen?»
«Am Freitag, Herr Maier.»
«Gut, dann sollten wir den Antrag am Mittwoch nächste Woche bei Gericht einreichen. Dann wird er Donnerstag bearbeitet und frühestens Samstag kommt er mit der Post.
Natascha vertraute ihm, denn eine Alternative sah

sie nicht. Sie wollte leben und endlich ihren Weg finden.

Nun waren es noch acht Tage bis zum großen Tag ihres Umzuges. Das hieß für Natascha, abwarten und sich ruhig und unauffällig verhalten. Zwei Tage gingen ohne größere Vorkommnisse vorüber und sie atmete erleichtert auf, dass sie doch ein so gutes schauspielerisches Talent hatte. Steve bemerkte nichts und lebte sein Leben, wie er es immer getan hatte. Er war glücklich, dass ihn Natascha in Ruhe ließ und die Regeln befolgte. *Nur noch fünf Tage. Das schaffe ich.*
Einen Tag später überkamen Natascha Ängste, sie dachte darüber nach, ob sie Steve noch liebte. Immerzu kreisten die Gedanken durch den Kopf: *Was, wenn ich es nicht schaffe? Was bringt mir die Zukunft? Wo komme ich hin? Wird Steve uns auch nicht finden?*
Permanent erschrak sie vor Geräuschen. Vor Autos, die vor dem Haus hielten oder aber, wenn es klingelte. Durch die körperliche Unruhe verlor Natascha sicherlich fünf Kilo in der kurzen Zeit.
Bin ich wirklich auf dem Weg in die Sicherheit? Unruhe überzog auch ihre Nächte. Zwischen Schlaflosigkeit und Wachen streiften düstere Zukunftsvisionen durch ihre Träume .
Dabei waren unter anderem ihre Beerdigung, die Hochzeit mit Steve und weitere unbegreifliche Erlebnisse. Natascha konnte kaum mehr aus dem

Haus, statt dessen rannte sie unentwegt mit Tom durch die Wohnung und überlegte, was sie mitnehmen würde. *Wo stelle ich denn Toms Sachen unter? Ich darf doch nur zwei Taschen mitnehmen!*

Plötzlich fiel ihr ein, dass Monika immer ihre Garage offen hatte und dass sie in dieser Woche Spätschicht hatte. D*as passt perfekt! Ich werde Toms Sachen einfach zwischen lagern, was soll ich sonst tun?*, dachte Natascha. Natascha durfte niemanden von ihrem Plan erzählen. Sogar, wenn sie mit dem Anwalt telefonierte, verschlüsselte sie ihre Aussagen. Es könnte ja sein, dass das Telefon abgehört wird.
Frau Becker hatte ihr eindringlich geraten, mit niemandem darüber zu reden und wenn, dann verpackt. Dies war zum Schutz von ihr und den anderen Frauen. Natascha hielt sich daran, um niemanden zu gefährden.
Freitagmorgen. Es geht los. Natascha war seltsam ruhig und ging wohlüberlegt vor.

Steve packte seine Taschen direkt nach dem Aufstehen.
Natascha hatte schon geputzt und alles abgestaubt. Sie war sehr unruhig, wurde dadurch viel zu früh wach und Tom verlangte seine Morgenmahlzeit, auch viel zu früh. *Es ist, als würde meine Unruhe auf Tom übergreifen!*
Mit jeder Minute schwitzte sie mehr und mehr und

wurde immer nervöser. *Hoffentlich ist er bald weg, ich kann nicht mehr! Mein Gott, was braucht der denn so lange zum Einpacken?*
Steve bemerkte sehr wohl die Unruhe, dachte sich aber nichts dabei, schob es wohl auf den Kleinen, der sehr knatschig war.
«Was kochst du heute?», hörte sie Steve fragen.
«Es wird Lauch Creme Suppe geben! Die magst du doch so gern.» Natascha wollte ihm ein besonders Abschiedsgeschenk machen, denn sie wusste, dass Steve von der Suppe immer übelste Blähungen bekommen hatte. Sie grinste in sich hinein und wieder überkamen sie starke Bedenken. *Er war ja gerade mal so nett. Soll ich doch bleiben?* Er nahm Tom aus dem Laufstall, das erste Mal, dass er das tat. Natascha dachte gleich wieder ans Schlimmste. *Was wird er tun?* Sie ließ den Staubsauger fallen und näherte sich Steve. *Merkte Steve etwas?*
«Noch 17 Jahre, dann kannst du ausziehen und nimmst deine dämliche Mutter mit!»
Natascha dachte, sie höre nicht richtig. Sie schluckte, *was sollte dieser Kommentar?*
«Läuft nicht alles, wie du es willst? Ich kümmere mich um die Wohnung, ums Kind!»
Doch Steve lachte sie aus. Natascha war sehr traurig, was ließ sie alles über sich ergehen. Gewalt, Sex gegen ihren Willen und ein liebloses Leben.
Doch vielleicht brauchte sie diesen Moment um gehen zu können.

«Irgendwann verlasse ich dich und dann wirst du sehen, was du davon hast!», fügte Natascha hinzu. Steve legte blitzschnell seine Hände um ihren Hals und sah sie ernst an!
«Du, mein liebes Fräulein, solltest darüber noch nicht einmal nachdenken. Und jetzt kümmere dich um deine Aufgaben!» Während er das sagte, schupste er sie auf den Staubsauger. Gedemütigt wischte sich Natascha die Tränen aus den Augen und verrichtete schweigend ihre Arbeit.

Die Stunden vergingen langsam, viel zu langsam. Die Zeit schien stehen zubleiben.
Endlich brachte Steve seinen Wochenend-Rucksack zu einem Freund, damit der schon mal das Gepäck einladen konnte. Steve und sein Freund fuhren mit dem Auto, während die anderen aus der Gruppe ihre Motorräder lenken wollten.
Natascha hasste Steve's Freund. Dieser Typ war link und kriminell. Und überhaupt: Zu viel hatte sie schon mitbekommen, viel zu viel. Natascha rührte die Suppe, sie schwitzte nach wie vor. Dreißig Minuten später hörte sie Steve die Treppe hinauf poltern und sie deckte den Tisch. Ihr Herz schlug bis zum Hals.
Wortlos setzte sich Steve an den Tisch, Natascha war speiübel, aber sie riss sich zusammen und plauderte munter drauf los, während sie zusammen aßen. Jeder Bissen drohte ihr im Hals stecken zu bleiben.

«Wann kommst du wieder?», fragte Natascha und dachte sich: *Interessiert mich ja nicht wirklich, aber ich habe Angst, dass er mein Herz schlagen hört.*
«Am Sonntagabend kommen wir wieder. Aber genau weiß ich es noch nicht, mal sehen. Aber du bist ja eh da!», bemerkte Steve selbstsicher. Draußen wurde es schon langsam dämmerig. Endlich zog er seine Jacke an und kam auf Natascha zu. Sie wusste nicht, was er wollte. Er nahm sie in den Arm und gab ihr einen Kuss auf die Stirn.
«Was schlägt dein Herz so schnell?»
«Steve, weil ich leider meistens Angst vor dir habe.»
Steve schaute sie an und antwortete: «Na ja, da bist du meistens selber schuld, also stell dich nicht so an! Bis Sonntag!» Es ließ sie los und machte sich auf den Weg zu seinen Freunden, die bereits vor dem Haus auf ihn warteten.

Den Lärm der Motoren hörte sie trotz der geschlossenen Fenster und Türen. Gott sei Dank wurden sie immer leiser …
Als sie keinen Ton mehr hörte, sprang Natascha vom Sofa auf, nahm ihre Taschen aus dem Schrank und packte ihre Klamotten, alles, was sie brauchte. Flaschen für Tom und Windeln, Kosmetiktasche und der Kuschelhund. Alles stopfte sie in die große Tasche.
«Ach du liebe Güte! Was mach' ich denn mit Sherry?»

An den Hund hatte sie gar nicht gedacht. Er musste untergebracht werden. Sie atmete dreimal tief ein und aus, wurde etwas ruhiger, schnappte sich Sherry und ging mit dem Hund an der Leine, mit Tom auf dem Arm und Hundefutter in der Tüte ein paar Häuser weiter zum Nachbarn. Sie wusste, dass er früher ab und an auf den Hund aufgepasst hatte.
Natascha erzählte ihm eine wilde Geschichte von einer Magen-Darm-Grippe. Sie erzählte so, dass der Mann nicht nein sagen konnte.
«Herzlichen Dank, das ist sehr lieb von Ihnen.»
«Aber gerne doch, werden Sie und der Kleine erst mal wieder so richtig gesund! Gute Besserung!»
Natascha ging zügig zurück, sie musste sich beeilen. Sie war sich sicher, dass er Hund und Zubehör desinfizieren würde, aus Angst sich *anzustecken*.

Natascha machte sich wieder an die Arbeit. Das Fenster hatte sie geöffnet, um zu hören, ob es Motorengeräusche gäbe. Sie war ein Nervenbündel, und doch war es ihre Chance.
Tom schlief auf dem Sofa, und Natascha schraubte das Laufgitter auseinander. Sie dachte an die kriminelle Lebenseinstellung ihres Freundes und wieder hatte sie große Angst.
Ihr Handy klingelte! Es war Steve! «Alles okay zu Hause?»
«Sicher!», antwortete Natascha und tat so, als säße sie auf dem Sofa, «ich konsumiere leichte Kost im Fernsehen.»

«Dann ist ja gut, bis Sonntag.»
Natascha musste sich beeilen, denn noch nie hatte er sich nach so kurzer Zeit gemeldet. Plötzlich war ihr klar, dass Steve etwas gespürt haben musste, vielleicht nicht genau was, aber das war jetzt egal, sie musste schnell handeln!
Natascha rief ein Taxi, sie teilte den Herren mit, dass sie ein Laufgitter transportieren müsse. Zwanzig Minuten später klingelte der Taxifahrer an der Tür. Tom schlief tief und fest. Mit Kindersitz setzte Natascha Tom ins Taxi. Der Mann war sehr nett und half ihr, alles zu verpacken. Das ganze Verladen dauerte ungefähr dreißig Minuten. Der Taxifahrer ließ sich aber nicht nervös machen, er wusste, dass die Taxiuhr lief. Wieder klingelte das Handy! Natascha erstarrte.
«Ihr Handy klingelt, soll ich mal ran gehen?», grinste der Taxifahrer.
Aber Natascha war nicht zum Scherzen aufgelegt, sie verfiel in Panik. Nur mühsam kontrollierte sie ihren Atem. Es durfte nicht im letzten Moment etwas schief gehen! Auf dem Handydisplay stand keine Nummer. Sie rannte ins Haus, um dort ans Telefon zu gehen. Damit es sich so anhörte, als würde sie auf dem Sofa liegen.
«Was machst du?», hörte sie Steve fragen.
«Was soll ich machen? Ich stehe gerade am Flughafen und warte auf meinen Flieger!», scherzte sie und merkte, dass Steve es nicht wirklich witzig fand.

«Ich sitze auf dem Sofa und schaue einen Film», ergänzte Natascha und erwähnte nebenbei, dass sie Bauchschmerzen hätte. Irgendwie war die Stimmung komisch. Steve verabschiedete sich und Natascha legte auf. Natascha stürmte wieder hinaus und ließ die Tür hinter sich ins Schloss fallen. Angstschweiß floss ihr den Rücken hinunter und ihr Magen rebellierte. Nun gab es für sie kein Zurück mehr.

Nachdem Natascha die Babysachen bei Monika in der Garage abgestellt hatte, fuhr sie mit dem Taxifahrer in die Stadt. Sie wollte sicherheitshalber aus der Stadt mit einem anderen Taxi zum Frauenhaus fahren. Sie sah überall weiße Mäuse und hatte unbeschreibliche Angst! Zu fern war noch die Sicherheit, zu weit war die sichere Zukunft. Auf dem Weg fielen Natascha Beerdigungsinstitute, Friedhöfe und Kirchen auf. Die Tränen tropften aus ihren Augen und sie wischte sie weg. Sie versuchte sich abzulenken und beobachtete Tom, der zufrieden in seinem Sitz saß und schlief.
«So, junge Frau, das macht 46,20 Mark.»
Natascha zahlte und stieg mit ihren Taschen aus. Zwei Straßen weiter gab es ein Taxiunternehmen, das Natascha mit Sack und Pack aufsuchte, um sich ein neues Taxi zu nehmen.
«Können Sie mich bitte zu dieser Adresse bringen?», fragte Natascha und hielt dem Taxifahrer den Zettel unter die Augen.

«Klar, sehr gerne! Geben Sie mir Ihre Taschen und folgen mir zu meinem Auto.», erwiderte der sehr nette Mann.
Sie folgte ihm wortlos. Die Fahrt sollte vierzig Minuten dauern und Natascha war für jede Minute dankbar, die sie weiter von ihrem Zuhause entfernte.
«Sorry, hörte sie den Taxifahrer sagen, die Zeit die wir jetzt länger brauchen, werde ich Ihnen nachher abziehen!»
«Wieso?», fragte Natascha und sah, dass die Taxiuhr weiter lief. Sie streckte den Kopf nach vorn und entdeckte, dass die Polizei eine Absperrung mitten auf der Strasse errichtet hatte.
«Scheiße!», rief Natascha, «ich muss hier weg!»
Bestimmt steckt Steve dahinter. Er sucht mich, Mist, was mache ich denn jetzt?
«Regen Sie sich nicht auf,» erklärte der Fahrer, «es gab einen Raubüberfall und gerade wird der Verantwortliche gesucht. Lang wird es nicht dauern.»
Natascha vertraute ihm und lehnte sich zurück. Ihr Herz schlug bis zum Hals.
Sie erinnerte sich an ein Ereignis in ihrer Schwangerschaft mit Tom. Steve hatte immer die Post überwacht und somit waren alle Briefe an Natascha erst einmal kontrolliert worden.
Eines Tages ging sie zum Briefkasten und hatte einen Brief von der Schufa im Briefkasten. Sie wunderte sich sehr, da sie diesen Auszug nicht beantragt hatte.

Der Auszug hatte zwei Seiten und was sie dort las, raubte ihr den Atem. Viele Firmen und viele Beträge, Anzeigen und einen Haftbefehl.
Völlig überfordert rief sie bei der Polizei an und erkundigte sich, was das zu bedeuten hätte und die Beamtin erklärte ihr, sie solle sich dringend bei Gericht melden und gab ihr den Verantwortlichen vor Ort. Natascha packte damals sofort ihre Handtasche und fuhr Richtung Gericht, um alles zu klären. Sie hatte schon mitbekommen, dass Steve viel über ihren Namen kaufte, aber nicht, dass er Schulden machte.
Sie erinnerte sich an den Tag, als wäre es gestern gewesen. Sie steuerte auf einen Beamten am Schreibtisch zu: «Guten Tag, mein Name ist Milauf, ich habe erfahren, dass Sie nach mir suchen!»
«Wie kommen Sie darauf?», fragte der Mann und erkundigte sich nach einem Aktenzeichen.
«Das habe ich leider nicht, aber meine persönliche Daten.»
Der Mann gab sie in den PC ein und bat Natascha einen Moment zu warten. Er verließ den Raum und Natascha schaute sich ratlos um, ihr dicker Babybauch juckte, und irgendwie war hier eine komische Stimmung im Raum.
Der Mann kam zurück und fragte: «Haben Sie denn nichts von der Verhandlung gewusst?»
«Welche Verhandlung?», wollte Natascha wissen.
«Wegen Betrug!»

«Gegen mich?», antwortete Natascha fassungslos. «Das muss ein Missverständnis sein!»
«Das glaube ich nicht, Sie waren doch bei der Anhörung auf der Polizei wegen des Versicherungsbetrugs.»
«Ja richtig!», erklärte Natascha. «Aber ich habe doch damals schon gesagt, dass ich nicht weiß, wer das war! Mein Freund sagte mir, das hätte sich erledigt!»
«Von erledigt kann keine Rede sein. Die Analyse ihrer Unterschrift hat ergeben, dass Sie das Auto bei der Leihwagenfirma geliehen haben und damit den Unfall verursacht haben.»
«Wie bitte, welchen Unfall? Das kann doch nicht sein. Ich habe keine Ahnung, was das soll, ich habe das nicht unterschrieben.», weinte Natascha.
Es klopfte an der Tür. Ein Polizist und eine Polizistin betraten das Zimmer.
«Frau Milauf, wir werden Sie jetzt wegen Fluchtgefahr festnehmen. Zu oft haben Sie nicht auf unsere Schreiben reagiert. Morgen früh werden Sie dann dem Richter vorgeführt.»
«Das kann doch nicht Ihr Ernst sein!», brüllte Natascha. «Ich bin schwanger und außerdem bin ich doch auch hierher gekommen, als ich dieses Schreiben gelesen habe. Das alles sind für mich böhmische Dörfer und ich habe keine Ahnung, was hier gespielt wird. Wo soll ich schlafen, in einer Zelle?»
«Sie übernachten auf dem Polizeirevier und morgen geht es ganz früh zum Richter.»

Natascha fröstelte, als sie an diese Nacht dachte. Die Hölle war es, doch auch das ging vorbei.
Es stellte sich heraus, dass Steve alles zu verantworten hatte, doch sie hatte keine Beweise und dazu war die Angst vor ihm zu groß. Sie wurde zu drei Jahren und neun Monaten auf Bewährung verknackt. Die Beweise sprachen gegen sie.

«Wir sind da.»
«Oh, schon?» Natascha orientierte sich kurz. Die Sterne standen am Himmel und der Mond leuchtete in seiner vollen Pracht. Sie zahlte und stieg mit Tom aus dem Wagen.
Natascha rief im Frauenhaus an und bat darum sie abzuholen. Tom war sehr brav, Natascha merkte erst, als zwei Frauen sie freundlich grüßten, dass Tom wach war.
«Komm mit, Natascha», sagte eine der Frauen und hob die türkisfarbene Tasche von Natascha auf. Sie folgte mit Tom den Frauen, die mit ihr durch viele Straßen gingen. Natascha hatte keine Ahnung mehr, wo sie waren und eine der Frauen zog sie in einen Hof.
«Wir sind da, jetzt seid ihr in Sicherheit!»
Natascha brach im Hof zusammen und weinte.
Da hatte sie noch keine Ahnung, dass sie bereits vierzehn Anrufe in Abwesenheit auf ihrem Handy hatte, und dass Steve schon wusste, dass sie abgehauen war. Steve war von dem netten Nachbarn,

dem sie den Hund gebracht hatte, informiert worden und jetzt suchte Steve bereits nach ihr.

Natascha ignorierte die Anrufe. Es wurden immer mehr. Und ihr Mobiltelefon ausschalten wollte sie auch nicht. Obwohl sie wusste, dass es eine Regel des Hauses war. 172 Anrufe, Natascha zitterte als sie Tom die Flasche gab. *War es ein Fehler zu gehen*? Sie war ein nervliches Wrack. Wie ferngesteuert nahm sie den nächsten Anruf an.
«Wo bist du, du Schlampe? Wo ist mein Sohn? Mach, dass du sofort heim kommst! Ich bring dich sonst um, du dreckige Hure. Hinterlistige Fotze.»
«Ich bin keine Fotze, du Arschloch», keifte Natascha zurück. «Ich werde nicht zu dir kommen, nicht heute und nicht morgen, nie mehr! Es reicht, leck mich ein für alle mal am Arsch. Mir machst du keine Angst mehr!»
Wortlos trennte Steve das Gespräch.
Natascha war stolz auf sich. Jetzt wusste sie, dass sie es schaffen würde.
«Frau Milauf, ich habe Ihnen doch gesagt, dass Sie Ihr Mobiltelefon ausschalten müssen!»
Schnell schaltete sie ihr Handy aus.

Nach einer Woche hatte sich Natascha gut eingelebt. Tom blühte auf, sicher auch, weil Natascha sich wohl und sicher fühlte. Etwas merkwürdig war es ohne Handy, aber sie gewöhnte sich daran. Und bei

Gelegenheit würde sie sich ein neues Telefon mit einer neuen Nummer kaufen.
Das Urteil vom Gericht kam auch sehr schnell. Der Anwalt teilte ihr mit, dass Steve sich ihr nicht mehr nähern durfte. Auch das Sozialamt hatte die Zahlungen genehmigt und bereits gezahlt. *Doch was nun?*, dachte Natascha, *was kommt nach dem Frauenhaus? Alleine leben? Wie und vor allem, wo?* Wieder kroch die Angst in ihre Glieder.

Die Leitung des Hauses rief Natascha zum Gespräch in ihr Büro und teilte ihr mit, das sie doch eine Therapie machen solle, um sich aufs Leben nach dem Frauenhaus vorzubereiten, Selbstbewusstsein aufzubauen und neue Ziele zu fokussieren. Natascha winkte ab, sie teilte ihr mit, dass sie keine Therapie bräuchte. Doch Frau Becker ließ kein Zweifel daran, dass diese Option nicht verhandelbar wäre und sie stellte klar, dass sie einen Termin vereinbaren solle.
Natascha stand vor dem Zimmer der Therapeuten.
Sie las ein Zitat:

> Leben ist nicht genug, sagte der Schmetterling. Sonnenschein, Freiheit und eine kleine Blume gehören auch dazu!
> Hans Christian Andersen

Sie wollte nicht länger im Kokon leben und vereinbarte einen Termin.

Nach nur einem Tag hatte sie den ersten Termin. Sie war etwas unsicher, denn sie wusste nicht was sie erwartete.
Wer würde ihr gegenüber sitzen? Sie hasste Steve für alles, was er ihr angetan hatte, sie würde ihn am liebsten umbringen. Doch vorher sollte sie eine Pistole kaufen? Sie hatte ja nicht einmal eine saubere Schufa, um dies tun zu können. Es war ätzend. Sie wollte in Freiheit leben und nicht in einem Frauenhaus. *Egal ob er tobt oder mir droht. Aus Notwehr darf ich ihn töten,* dachte Natascha, als sie vor dem Zimmer wartete.
Er hat mein Leben zerstört, dieses Arschloch und nun muss ich in Therapie? Der sollte eine machen!
Ihr Zorn war grenzenlos.
«Treten Sie ein, Frau Milauf, setzen Sie sich.» Natascha ließ sich auf einen Stuhl nieder, ihre Knie waren etwas wackelig. Der Stuhl, mit weißem Leder bezogen, war unerwartet bequem. Auch wenn sie nicht wusste, was diese Frau nun von ihr erwartete, musste sie sich eingestehen, dass sie sich in dem Stuhl und in dem Raum sehr wohl fühlte.
«Ich stelle mich Ihnen kurz vor und dann würde ich gerne etwas von Ihnen erfahren. Mein Name ist Anabella Schwab und ich bin die Psychologin hier im Haus. Ich habe zwei Kinder und bin verheiratet.»

Na prima, so 'ne Strebertussi im seligen Ehehimmel. Doch egal, wie sehr sie sich bemühte, konnte sie es nicht verhindern, dass ihr die Psychologin sympathisch wurde.
«Sie sehen müde aus, Frau Milauf. Wenn Ihnen das Gespräch zu anstrengend wird, möchte ich Sie bitten, mir dies mitzuteilen und wir machen bei unserem nächsten Termin weiter. Bitte erlauben Sie mir ein paar Notizen zu machen.»
Natascha nickte und wusste nicht so recht, was sie nun sagen solle. Frau Schwab schaute sie erwartungsvoll an.
«Mein Name ich Natascha Milauf, ich bin 24 Jahre alt und habe einen kleinen Sohn, er ist jetzt vier Monate alt. Sein Vater ist ein absoluter Wichser, aber dafür kann er ja nichts. Zuckersüß der kleine Prinz. Habe ihn bei meiner Zimmernachbarin gelassen, um den Termin hier wahrzunehmen.»
«Das ist schön, wieso kommen Sie zu mir, Frau Milauf?», fragte Frau Schwab.
«Wenn ich ehrlich sein soll, mich schickt die Leitung des Frauenhauses zu Ihnen.»
«Wissen Sie, warum die Frauenhausleitung Sie gebeten hat, mit mir einen Termin zu vereinbaren?»
«Ich habe keine Ahnung, ich brauche keine Therapie, wenn, dann mein Ex. Er hat mir alles genommen, meine Unbekümmertheit, meine Lebensfreude, meine Freunde, meinen Humor und bekommen habe ich Wahnvorstellungen, Ängste, Prügel und

Minderwertigkeitsgefühle.»
Natascha stoppte ihre Aussage und schaute aus dem Fenster.
Im Zimmer war Stille. Nur das Zwitschern der Vögel drang zu ihnen in den Raum.
«Geben Sie ihm die Schuld für Ihre momentane Situation?», wollte Frau Schwab wissen.
«Natürlich gebe ich ihm die Schuld. Ich hatte alles, was man brauchte. Eine Arbeit, ein Auto, keine Schulden, Freunde und Lebensfreude. Wissen Sie, ich wollte, dass er mich liebt. Ich wollte ihm helfen, ein besserer Mensch zu werden. Doch leider hatte er kein Interesse eine Familie zu gründen. Er hatte schlechte Freunde und wollte immer mit den coolen Jungs mithalten. Er hat immer auf dicke Eier gemacht, aber außer heiße Luft und Frauen schlagen konnte er nichts.»
Sie erzählte von den Gewalttaten, die sie erleben durfte. Davon, wie Tom weinte und dabei rollte eine Träne über ihr Gesicht. Sie war aufgewühlt, sie hatte mehr gesagt als sie tatsächlich wollte. «Und wissen Sie, was mir am meisten Angst macht? Dass ich ihn ab und zu vermisse. Ich bin jetzt schon mehrere Tage hier und ich weiß, dass er mich sucht. Ich traue mich nicht mehr, mein Handy einzuschalten, aus Angst. Wie wird es zukünftig mit Tom geregelt sein?»
«Tom ist vermutlich ihr Sohn.» Natascha nickte. «Machen Sie sich da keine Sorgen, das regelt das Jugendamt. Sie sollten sich um sich selbst Gedanken

machen und zwar ab sofort. Denn nur, wenn Sie glücklich sind und sich selber lieben, können Sie andere lieben und das Glück wird in Ihr Leben treten. Denken Sie bis zum Ende der Woche einmal darüber nach, was sie verändern möchten, und vor allen Dingen, wann! Sie brauchen Motivation. Lassen Sie die Vergangenheit los, sie ist vergangen und nicht mehr änderbar. Sie können auch keinen Menschen der Welt ändern, wenn dieser nicht selbst dazu bereit ist. Wussten Sie, dass wir hier einen kleinen Lauftreff haben? Und ein kleines Fitnessstudio. Vielleicht möchten sie dieses einmal besuchen. Sie sind herzlich eingeladen. Sportliche Betätigung spült Glückshormone in Ihren Körper!»

Vergeben verändert nicht die Vergangenheit,
aber es erweitert die Zukunft.
Paul Boese

Natascha saß noch eine ganze Weile wortlos in ihrem Stuhl und dachte nach. Frau Schwab ließ sie gewähren und drängte sie nicht. Endlich erhob sich Natascha aus dem Stuhl, gebückt wie eine alte Frau. Sie verabschiedete sich, verließ den Raum, ging über den Flur, an der Küche und den Zimmern der anderen Frauen vorbei, direkt zu Tom.

Sie nahm ihn auf den Arm, bedankte sich bei der anderen fürs Babysitten und zog sich in ihr Zimmer zurück.

Sie wusste, dass Frau Schwab recht hatte, sie wusste auch, dass sie ein Ziel vor Augen haben musste. Doch, was wollte sie? Sie hatte keine Pläne, keine Ziele, die Träume hatte sie verloren und die Visionen waren verblasst. Was hat mir früher Spaß gemacht, was habe ich gerne getan?

Natascha steht auf und streckt sich. *Das war damals schwer für mich*, erinnert sie sich. Für mich wurde gesprochen und gedacht. *Ich war völlig abhängig. Selbständig leben? Gar nicht so einfach! Ich war alleine, zumindest hatte es sich so angefühlt*. Ihre Augen fallen auf Tom's Foto, das auf dem Kaminsims in dem kleinen silberfarbenen Rahmen steht. Er ist ein hübscher junger Mann geworden. Selbst auf den Bildern strahlen seine Augen Güte und Wärme aus. Er hat sich uns ausgesucht, um der zu werden, der er heute ist. Stolz überflutet Natascha, stolz darauf, dass Tom so ein toller Mann geworden ist und stolz auf sich selbst, dass sie es geschafft hatte, sich aus dem Sumpf zu ziehen. Sie ist für jede Minute dankbar. *Ja, jeder Mensch soll wissen, dass er, egal, wie beschissen das Leben für ihn ist, dem Leben eine andere Richtung geben, jeder sein Leben selbst in die Hand nehmen, das Steuer herumreißen und in eine*

andere Zukunft fahren kann. Sie muss dieses Buch schnell fertig bekommen. Glücksgefühle durchströmen sie, wenn sie daran denkt, dass sie andere Menschen unterstützen kann.
Sie wendet sich wieder ihrer Tastatur zu.

Natascha lag in ihrem Bett und schaute an die Decke. Sie wusste, dass sie loslassen musste, doch das war theoretisch einfacher als praktisch. *Was mache ich, wenn ich hier raus kann?*
Sie schaltete ihr Handy an. Unzählige Anrufe hatte sie auf ihrer Mailbox und eine SMS von Monika: *Süße, ich bin stolz auf dich! Du hast dich getraut zu gehen. Der Depp dreht hier voll am Rad und steht vor unserem Haus. Ich glaube, er denkt, du wärest hier. Aber ansprechen würde er mich oder Fred nicht, so ein feiges Arschloch. Egal! Du schaffst das. Küss Tom von mir und melde dich, wenn ich was tun kann. Ach und wegen dem Zeug in der Garage, hättest du mal was sagen können. Bis bald, Monika.* Natascha grinste und schrieb kurz *Danke* zurück.

Sie wählte die Nummer der Mailbox. «Sie haben 46 Nachrichten auf ihrer Mailbox.»
Nachricht von heute 13:41: «Damit kommst du nicht durch, ich werde dich fertig machen. Ich werde dir nehmen, was du am meisten liebst!»
Nachricht von heute 12:30: «So feige! Glaubst du, die einstweilige Verfügung hält mich fern von dir

oder Tom? Das wirst du bereuen.»
Nachricht von heute 11: 15: «Ruf mich zurück, du Schlampe, ich finde dich!»
«Nachricht löschen mit sieben, alle löschen mit neun.» Natascha drückte die neun. Das konnte sie sich nicht länger antun. Schnell schaltete sie ihr Handy wieder aus.
Ihre Hände waren nass geschwitzt. *Oh Gott der wird mir was antun*. Sie kuschelte sich eng an Tom.Im Radio lief der Song:
We are the world, we are the children.
Sie lauschte dem Song:
We are the ones who make a brighter day so let's start giving. There's a choice we're making. We're saving our own lives
It's true we'll make a better day. Just you and me ...[5]

Sie brach in Tränen aus, sie schrie vor Schmerzen, ihre Brust drohte zu zerspringen. Die Zimmernachbarin Tina stürmte in ihr Zimmer und schaute entsetzt. Natascha weinte unaufhaltsam. Tina nahm Tom auf den Arm und Melanie, eine andere Bewohnerin des Frauenhauses, streichelte Nataschas Rücken.
«Lass deine Gefühle ungestört zu, so kannst du sie besser verarbeiten. Da musst du durch, wie ich und alle anderen Frauen hier auch. Ich lass dich nicht

---

5 Wir sind die Welt, wir sind die Kinder. Wir sind diejenigen, die einen strahlenderen Tag machen. Also lasst uns anfangen. Es ist wahr, wir werden einen besseren Tag machen. Nur du und ich ...

alleine. Frau Schwab sagte zu mir, ich solle meine Gefühle nicht verdrängen und mich auf keinen Fall krampfhaft ablenken. Das würde nichts bringen. Das schaffst du und du bist nicht alleine. Jetzt beginnt der Prozess, dass es dir bald besser geht, verdrängen bringt nichts, hier musst du durch.»

Melanie legte sich zu Natascha ins Bett und hörte Natascha zu. Sie jammerte und weinte, neben ihr lag schon ein ganzer Stapel mit Tempos. Noch Stunden dauerte diese Phase und Melanie wich ihr keine Sekunde von der Seite.

Natascha hatte Melanie bisher nicht wirklich wahrgenommen, sie kannte sie nur von der Vorstellungsrunde und dass sie mit einem Araber verheiratet war. Sie wusste nicht, warum sie im Frauenhaus war.

Die Frauen schliefen ein. Am Morgen schien die Sonne ins Zimmer und kitzelte sie an der Nase. Melanie streckte sich und stieg aus dem Bett.

«Ich bleibe noch etwas liegen. Danke, Melanie, dass du für mich da warst!» Natascha umarmte Melanie.

«Ich bin froh, dass es dir heute etwas besser geht.», antwortete Melanie. «Ich werde kurz nach unseren Kindern sehen und dann komme ich wieder zu dir, Natascha. Ich bringe einen Kaffee mit.»

Natascha wollte gerade Luft holen, um Melanie mitzuteilen, wie sie ihn gerne trank, doch Melanie unterbrach sie lächelnd: «Ich weiß, mit Zucker und Milch.» Und sie verließ das Zimmer.

Unglaublich, so etwas hätte sich Natascha nie merken können. Wie kommt es, dass eine Frau wie Melanie so etwas konnte? Natascha lehnte sich mit Bewunderung zurück und putzte sich die Nase. Sie hatte keine Kraft aufzustehen. Die Natur zollte ihren Tribut: der Gang zur Toilette. Während Natascha auf der Brille saß, musste sie an Frau Schwab denken und daran, dass sie sich motivieren sollte. Die größte Motivation an diesem Tag war für sie auf die Toilette zu gehen. Dies sollte auch für den heutigen Tag reichen, entschied Natascha und kuschelte sich wieder ins Bett.

Melanie kam kurze Zeit später und reichte Natascha ihren Kaffee und ein Croissant. Die Frauen frühstückten zusammen und unterhielten sich. Melanie erzählte von ihrer Ehe. Von den neun Jahren, die sie mit einem Teufel verbrachte.

«Ich durfte nicht einmal zum Einkaufen das Haus verlassen, musste meinem Mann den Einkaufszettel schreiben und meine Ausbildung zur Fleischereifachverkäuferin abbrechen, weil zu viele Männer in der Metzgerei arbeiteten. Ich wurde gezwungen Kopftuch zu tragen und durfte meine Freundinnen nicht mehr besuchen. Kontakt war nur zu seiner Familie gestattet und Gewalt war auch bei mir ein großes Thema. Meine große Tochter nässte Nachts plötzlich wieder ein und meine jüngere Tochter kaute Fingernägel.»

Natascha schaute Melanie mitleidig an.

«Schau nicht so, Natascha, ich hatte die Wahl, die Wahl mit ihm zusammen zu sein, ihn zu heiraten und auch, ihn zu verlassen. Ich habe mich dafür entschieden ein anderes Leben leben zu wollen. Es war hart, aber ich bin sehr dankbar den Schritt gegangen zu sein. Im Moment bin ich dabei meinem Ehemann zu verzeihen. Denn ich möchte nicht, dass er weiterhin Macht über mein oder das Leben unserer Kinder hat. Ich werde mich aussöhnen, denn er konnte nicht anders, er ist schwach und mir emotional völlig unterlegen.»
«Ich finde deine Einstellung Klasse Melanie und du hast immer ein Lächeln auf dem Gesicht, das ist mir schon vor ein paar Tagen aufgefallen.» Natascha bewunderte Melanie für ihre Fröhlichkeit.
Melanie lachte: «Das ist nur aus einem Grund, ich bin nicht mehr die Jüngste und ich habe gelesen das man etwa 54 Muskeln braucht, um ein böses Gesicht zu machen, aber nur 43 Muskeln, um zu lächeln. Lächeln ist viel weniger anstrengend! Und macht weniger Falten.» Die Frauen lachten, verzogen ihre Gesichter zu lustigen Grimassen. Sie unterhielten sich weiter angeregt über die Kinder, die Zukunft und beruflichen Perspektiven.
Am Mittag stand Natascha endlich auf und besuchte Tina, um nach Tom zu schauen. Ihm ging es gut und Tina berichtete wie brav er sei.

Natascha macht eine Pause am PC, sie hat eine Pause verdient, schnappt sich ihre Jacke und geht aus dem Haus in den nahe gelegenen Park. *Ich glaube, ich werde versuchen Melanie ausfindig zu machen. Ich muss ihr danken, denn ihre positive Lebenseinstellung hat mich berührt und das auf eine Weise, die sie nie erfahren hat. Ich hoffe von ganzem Herzen, dass es ihr gut geht.* Natascha setzt sich auf eine Bank am See und entspannt sich. Für heute will sie nicht weiter am Buch schreiben, sondern die Enten auf dem See beobachten. Das alte Ehepaar, welches Hand in Hand am See entlang läuft, beobachten und die große Liebe trotz so vieler Jahre in deren Augen zu sehen. Natascha sieht sie oft am See.

Dieses Paar ist ein echtes Traumpaar. Vor vielen Jahren hatte Natascha das Pärchen angesprochen. Die ältere Dame erzählte ihr damals, dass sie schon 50 Jahre verheiratet waren. Natascha konnte damals nicht fassen, dass man 50 Jahre mit einem Partner zusammenleben konnte und fragte nach dem Geheimrezept. Die Greisin lächelte. «Wir arbeiten an uns und an unserer Beziehung. Es ist nicht immer leicht, das ist klar, aber die schönsten Zeiten im Leben sind die kleinen Momente, in denen du spürst, dass du deine Zeit mit den richtigen Menschen verbringst! Wir lieben uns und uns ist klar, dass wir gegenseitig das Beste in unserem Leben sind. Mein Mann ist meine Nummer eins. Und ich erinnere mich jeden Tag an die schönen Zeiten, an seine Zärtlichkeiten und seine Komplimente. Ich kann mir ein Leben ohne ihn nicht vorstellen.»

Natascha denkt heute noch oft an diese Weisheit und die Liebe, die in diesen Worten steckte. Natascha lächelt die beiden an und winkt.
«Wie geht's Ihnen und was macht Ihr Buch?», ruft der Mann ihr zu.
«Ich arbeite dran!» Natascha erhebt sich von der Bank und schlendert den Beiden lächelnd entgegen. «Wissen Sie, ich brauche hin und wieder eine Auszeit und hier im Park finde ich Ruhe und Entspannung. Und jetzt ist es auch leider wieder Zeit, nach Hause zu gehen, denn ich will noch packen, weil ich morgen nach Mallorca fliege»
«Ich wollte sie aber nun nicht vergraulen!»
«Nein nein», antwortet Natascha, «ich liebe es hier zu sein, dennoch muss ich gehen, ich brauchte nur eine kurze Auszeit! Bis bald!»
«Machen sie es gut!»

«Natascha, wissen sie, langsam ist die Zeit gekommen, wo sie sich Gedanken über ihre Zukunft machen müssen. Ihr Anwalt hat angerufen, ihr Ex versucht jetzt übers Jugendamt zu erfahren, wo ihr euch aufhaltet. Sie wissen, dass sie nicht immer bei uns bleiben können. Zu dem Termin beim Jugendamt werden wir Sie begleiten. Allerdings bleibt Tom hier und der Termin wird auch sehr vertraulich be-

handelt. Es gibt ein großes Problem. Ihr Ex hat Tom nie geschlagen oder schlecht behandelt. Es besteht des Weiteren keine Fluchtgefahr, daher werden wir nichts gegen einen Umgang tun können.»
Natascha hörte, was sie sagte, jedoch die Worte drangen nicht in ihr Gehirn.
«Er darf Tom abholen?», fragte Natascha.
«Nein, das nicht, aber wir können wegen der Drohung einen betreuten Umgang fixieren. Dieser Meinung ist auch Ihr Anwalt.»
Natascha war fassungslos über diese neuen Nachrichten, sie erinnerte sich an seine Drohung. *Ich werde dir nehmen, was dir am wichtigsten ist.* Tränen liefen über ihr Gesicht.
Was sollte das? Wieso gibt's so blöde Gesetze? Wo ist der Schutz der Mutter und des Kindes? Aber wehe, ich zahle meine Steuern nicht pünktlich, dachte Natascha und floh in ihr Zimmer.

Tom war sehr verschmust. Natascha legte sich mit ihm aufs Sofa. Sanft streichelte sie ihm den Rücken.
«Schatz ich möchte dir nicht den Papa nehmen. Ich bin nicht Gott, aber ich habe Angst um dich. Papa ist echt wütend auf die Mama, weil ich ihn verlassen habe. Ich weiß, du verstehst mich noch nicht, aber ich will, dass du das weißt, dass ich dich über alles liebe. Ich finde eine Lösung, da bin ich mir ganz sicher.» Natascha küsste Tom und streichelte ihn weiter, bis beide einschliefen.

Sonnenschein

Die Tage vergingen, ohne dass Natascha auf eine Lösung kam. Sie spielte mit dem Gedanken, einen Auftragskiller zu engagieren oder zu fliehen. Sie verwarf diese Gedanken so schnell wieder, wie sie gekommen waren.
Eintönig zogen die Tage vorbei. Wie jeden Tag zappte sich Natascha durch Fernsehprogramm, während Tom schlief. *Ganz viel leichte Kost,* dachte Natascha. Sie hatte das Gefühl zu verblöden. Sie saß in einem Raum und durfte sich nicht wirklich frei bewegen. Sie blieb bei einer der unzähligen Talkshows hängen. Ein junges Pärchen stritt über die Vaterschaft des gemeinsamen Kindes. Die junge Frau schrie: «Ich werde dir beweisen, dass es dein Sohn ist, dann lässt du mich in Ruhe und zahlst gefälligst!» Natascha sprang auf. *Geil, ich hab's, ich hab die Lösung!*

Einige Tage später rief sie Steve an. Er brüllte sofort los. Natascha legte auf und rief einige Minuten später wieder an. «Was soll das?» Steve's Stimme überschlug sich fast.
«Das kann ich dir sagen, du hörst mir jetzt zu. Ich werde es nur einmal sagen. Wenn du schreist, lege ich wieder auf und schalte das Handy aus.» Natascha wahr erstaunt über ihre Selbstsicherheit. Sie genoss es, langsam aus der Opferrolle auszubrechen.
«In den Jahren unserer Beziehung habe ich viel mit-

bekommen, Steve. Wie du die Leute in der Diskothek bestiehlst und was du für Verbrechen begangen hast. Wie viele Leute du bedroht hast für Auftraggeber, um, zum Beispiel, Mietnomaden aus den Wohnungen zu verdrängen, erinnerst du dich, Steve? Die Versicherungsbetrügereien, die du begangen hast. All diese Dinge habe ich aufgeschrieben und bei meinem Anwalt deponiert. Dort liegen sie im Safe. Sollte Tom oder mir je irgend etwas passieren, wirst du untergehen. Alle diese Unterlagen mit Namen, Datum und Mitverantwortlichen, gehen zur Polizei. Sie werden dich einbuchten, denn vieles verjährt nicht. Bei jedem Wort, bei jeder Handlung solltest du darüber nachdenken. Wenn mein Anwalt nicht regelmäßig von mir ein Feedback bekommt, oder aber mitbekommt, dass uns was passiert ist, gibt er alle diese Notizen weiter. Die Natascha, die du dominiert hast, gibt es nicht mehr. Ich lebe mein Leben und du lässt uns in Ruhe. Ich werde nie wieder zu dir zurückkehren. Ich habe keine Angst mehr vor dir.»

Natascha hörte Steve schnauben.

«Ich hätte dich viel früher verlassen sollen. Übrigens, Tom geht es gut, falls es dich interessiert.»

«Meinst du das beeindruckt mich jetzt?», bellte Steve ins Telefon.

«Ich weiß nicht, Steve, aber was ich weiß ist, dass du dann in den Knast gehst und du das nicht aushalten wirst. Das ist es dir nicht wert. Da bin ich mir sicher.

Du kannst Tom sehen. Aber denke immer daran, du stehst quasi mit einem Fuß im Knast.»
Natascha wusste, dass Steve sehr freiheitsliebend war und sie dachte sich, dass dies die Sprache wäre, die er verstand. Sie erinnerte sich an seine laufende Bewährung, diese Information hatte sie damlas von Tesse bekommen. Natascha wusste, dass er es nicht riskieren würde, in den Knast zu kommen.
«So, ich werde jetzt auflegen, du kannst drüber nachdenken. Mach's gut.», und Natascha legte auf.
Sie tanzte durch ihr Zimmer, sie war stolz auf sich, stolz, dass sie einen Weg gefunden hatte, zu einem normalen Leben zurückzukehren.
«Melanie, Melanie!», rief sie und stürmte aus ihrem Zimmer.
«Ich habe es getan, ich habe Steve gesagt, wie es zukünftig läuft.»
«Was hat er gesagt?», fragte Melanie neugierig.
«Na ja begeistert war er nicht, aber das juckt mich nicht. Wow, war das ein geiles Gefühl! Hab voll Bock feiern zu gehen!»
Natascha tanzte durchs Zimmer.
«Hey, ich habe eine Idee!» Melanie ließ Natascha im Zimmer zurück. Wenige Minuten später kehrte sie zurück.
«Ich habe unsere Kinder bei einer anderen Mutter geparkt, wir haben die ganze Nacht Zeit zu feiern. Lass uns um die Häuser ziehen!» Melanie grinste.
«Das dürfen wir nicht! Aber, ach, egal, ja, lass uns gehen!»

Die beiden Frauen fassten sich an den Händen und tanzten durch das Zimmer.

Wenige Stunden später schliefen die Kinder bei der Zimmernachbarin und die Frauen saßen im Zimmer und warteten darauf, dass es auf dem Gang ruhiger wurde. Heimlich schlichen sie sich zur Haustür. Der Boden knisterte und knirschte. Schweiß bildete sich auf der Stirn der Frauen, sie lächelten, und sie freuten sich auf einen ausgelassenen Abend. Vorsichtig schloss Natascha die Haustür auf und in Zeitlupe öffnete sie diese.
«Melanie, hoffentlich hört uns niemand.»
Doch Melanie antwortete Natascha nicht, stattdessen schob sie Natascha nach draußen. Erst, als sie langsam, dann immer schneller Richtung City gingen, atmeten sie auf. Sie lachten wie zwei kleine Mädchen, die sich von zu Hause verabschiedet hatten. *Ungehorsam war ab und zu ein schönes Gefühl,* dachte Natascha und nahm Melanie lächelnd an die Hand.

An einer Bushaltestelle standen drei junge Männer und Natascha stoppte.
«Hey, wo geht's hin?», fragte sie die jungen Männer.
«Wir fahren mit dem Bus in den Nachbarort, dort gibt es eine Disco.»
Kurzentschlossen drehte sich Natascha zu Melanie und teilte ihr mit, dass sie mitfahren würden. Die

Busfahrt über unterhielten sich die fünf angeregt. Die jungen Männer waren von der Ausstrahlung, die die Frauen an jenem Tag hatten, gefangen.
In der Diskothek angekommen, rannten die zwei sofort auf die Tanzfläche. Wie zwei kleine Schlangen bewegten sie ihre Körper zur Musik. Beide waren lange in Gefangenschaft und genossen mit jeder Faser ihres Körpers diesen Moment. Sie lebten mit allen Sinnen im hier und jetzt. Viele Minuten später und viele Lieder später tippte einer der jungen Männer Natascha auf die Schulter. «Magst du was trinken?», fragte er. Natascha nickte und ging mit ihm zur Theke.
Sie schaute sich um, während sie ihren Cocktail *Stressfree* trank. Sie unterhielt sich angeregt. Max war ein sehr netter junger Mann und ihr fiel es sehr schwer, sich von ihm los zu eisen, doch war sie ja mit Melanie hier und sie sah sie nicht mehr. Natascha wollte nach ihr schauen und verabschiedete sich von Max. Sie wollte ihm einen Kuss auf die Wange geben. Max drehte kurzerhand seinen Kopf und ihre Lippen trafen sich.
Natascha schloss die Augen und öffnete ihren Mund, Max erwiderte den Kuss. Leidenschaftlich verflossen die beiden miteinander.
Natascha hielt einen Moment inne und trat einen Schritt zurück. Sie fühlte sich als würde sie Steve betrügen. War es das, was sie wollte?
Natascha wandte sich ab und suchte nach Melanie.

«Hey Melanie, Max hat mich gerade voll geküsst!»
«Echt? Nicht wahr!», erwiderte Melanie, «und wie war es?»
«Hmmmmm, super lecker!», antwortete Natascha mit einem breiten Grinsen im Gesicht.
Natascha spürte wie ihr der Lebenshunger wieder in ihre Adern floss. Sie genoss das Gefühl der Begierde. Sie spürte die Blicke von Max. Rhythmisch bewegte sie ihren Körper und tanzte ganz losgelöst aller Probleme, die hinter ihr standen und auf sie warteten. Sie genoss den Moment, fühlte jede Faser ihres Körpers. Während sie sich mit der Musik bewegte, erahnte sie einen durchtrainierten Body und einen Steifen in der Hose, der sich fest an sie drängte.

Natascha erinnert sich mit einem Grinsen an damals und beschließt, einen kurzen Trip mit ihrem Cabrio zu machen. Mit diesem positiven Gefühl von diesem besagten Abend vor vielen Jahren, ergreift sie den Schlüssel und ihre Handtasche. *Das ist wirklich toll hier*, denkt Natascha, als sie in ihr Cabrio steigt.
Sie fährt Richtung Cala Millor, einem kleinen Ort in Mallorca.
Früher dachte sie immer, diese Insel wäre zum Feiern für die vielen Touristen, doch heute hat sie eine kleine Finca direkt am Strand. Sie liebte das Wasser und erfüllte sich einen Traum.

Aus den Boxen ertönt Musik von der CD Cafe del Mar.
Sie schaut in die Bucht, das türkise Wasser wird durch die Wellen durcheinander gewirbelt. Die Sonne scheint ihr auf den Kopf und der Wind umspielt sanft ihre Haare.
Sie erinnert sich an Toms ersten Geburtstag, den sie im Frauenhaus mit ihm feierte. Sehr liebevoll hatten alle Muttis das Zimmer geschmückt, Tom genoss es sehr im Mittelpunkt zu stehen, an seinem Tag. Sie erinnerte sich gerne, es gab wirklich schöne Tage und tolle Erlebnisse.
Sie genoss diesen Tag und war fröhlich. Alles war gut. Keine Sorgen, Probleme oder Ängste, die sich ihr in den Weg stellten. Ihr Ausflug mit Melanie war unbemerkt geblieben. Nach dem Regen kommt der Sonnenschein.
Oder hat sie bei ihrer entspannten Fahrt an der Küste Mallorcas einfach nur vergessen, was damals war?
Gegen Abend fährt sie vor ihre Finca und beschließt sich einen köstlichen Salat zu machen.
Sie zupft die frischen Salatblätter vom Wochenmarkt und schneidet die Tomaten. Während sie alles abwäscht, denkt sie wieder an besagte Nacht. Sie schnibbelt noch schnell Petersilie und streute sie über den Salat. Die leckere Salatsauce ihrer Haushälterin aus dem Kühlschrank rundet den Salat ab. Mit der Salatschale, Besteck und einem Glas Was-

ser verlässt sie die Küche und geht in ihr liebevoll eingerichtetes Schreibzimmer.

Dort hängen viele Bilder ihrer Reisen. Bilder von Tom und seinen wechselnden Freundinnen. Bilder von Freunden und gemeinsamen Erinnerungen. Sie nimmt das Bild von Melanie und sich in die Hand. Beide erlebten eine tolle Zeit und sie brauchten sich, um diesen Weg zu beschreiten.
«Ich werde dich aufsuchen, um dir zu danken. Du warst eine große Stütze in einer Zeit, die ich alleine kaum überstanden hätte.»

Natascha öffnet ihren PC und setzt sich in ihren großen Sessel und schreibt weiter.

«Hey, Max, sag mal, musst du pinkeln oder freust du dich, mich zu sehen!», hörte sie sich sagen.
Max grinste wortlos und küsste Natascha fordernd. Sie tanzten eng umschlungen und verflossen ineinander. Melanie war froh, ihre Freundin glücklich zu sehen. Die Stunden vergingen und die Frauen merkten kaum die aufgehende Sonne. Melanie war es auch entgangen, dass Natascha einen One Nigth Stand hinter sich gebracht hatte, nein, nicht mit Max. Da war dieser junge Aufreißer, dem Natascha nicht widerstehen konnte, es war geil, aber nicht oskarreif, wie immer in Nataschas Leben.
Als der DJ das letzte Lied ankündigte, erschraken

Natascha und Melanie, es war höchste Zeit, den Heimweg anzutreten.
«Wie geil war diese Nacht heute!», schmunzelten die zwei Freundinnen und beeilten sich zum Taxistand zu gelangen.
Nicht nur Natascha hatte viel Spaß, auch Melanie schwebte noch in ihren Erinnerungen.

Leise schlossen sie die Tür auf, alles knisterte. Noch nie hatten sie das Gefühl, das es so laut sein konnte, wenn man über den Boden lief. Sie mussten am Zimmer von Frau Becker vorbei.
«Hallo, kommt hier her.» Hörten sie eine Stimme. In der Ecke des Flures stand Tina mit zwei Trainingsanzügen. Zieht die drüber, dann glaubt jeder ihr wäret gerade aufgestanden. Die Mädels zogen schnell und dankbar die Anzüge über ihre Disko-Klamotten. Tina bekam von beiden Frauen einen Kuss auf die Wange.

Der zweite Termin stand an.
«Guten Tag, Frau Schwab.»
«Hallo, Frau Milauf bitte nehmen Sie Platz. Wie geht es Ihnen heute?»
«Viel besser!», antwortete Natascha und dachte an letztes Wochenende.
«Sie stahlen ja richtig, wie kommt das?»
«Ich habe Ihren Rat befolgt und etwas für mich getan. Ich habe eine tolle Zeit mit einer anderen Be-

wohnerin gehabt und war fast jeden Tag sportlich aktiv. Und heute Vormittag war ich mit Tom beim Babyschwimmen. Nun bin ich nur noch ein bisschen taub», ergänzte Natascha.

«Warum?», wollte Frau Schwab wissen.

«Tom wollte nicht mehr aus dem Wasser, er plantschte wie ein Weltmeister und als er blaue Lippen hatte, wollte ich mit ihm raus, um ihn zu duschen und warm einzupacken. Das fand er ziemlich doof. Nun ja und dann wollte er mir zeigen wie viel Kraft in seiner Stimme liegt.»

Die Frauen lachten. An diesem Tag war die Stimmung angenehmer und Natascha genoss das Gespräch mit Frau Schwab. Sie plauderten über alles Mögliche.

Natascha konnte sich öffnen, außer, wenn Frau Schwab etwas über Steve fragte. Dann veränderten sich ihre Gesichtszüge. Das bemerkte Frau Schwab selbstverständlich und erklärte Natascha: «Menschen zu vergeben, ist die entscheidende Voraussetzung für geistigen Frieden und strahlende Gesundheit. Sie müssen Steve vergeben, auch wenn er Ihnen Schmerzen zugefügt hat. Nur dann können Sie wahres Glück und vollkommene Gesundheit erlangen. Zu diesem Prozess gehört auch, dass Sie sich bewusst machen, dass Sie sich diese Situation selbst erschaffen haben, dies anzuerkennen, um dann sich selbst und Steve zu verzeihen.»

«Ich habe doch keine gesundheitlichen Probleme»,

lenkte Natascha das Thema um. Sie wollte Steve nicht verzeihen und schon gar nicht die Ursache bei sich selbst suchen und überhaupt, was konnte sie denn dafür, dass Steve sie geschlagen hatte und dass all diese Dinge passiert waren?

«Seien Sie froh, Frau Milauf. Ich möchte Ihnen damit nur sagen, das Ihre Gesundheit zum größten Teil davon abhängt, was Sie den ganzen Tag denken. Ihre Gedanken kreisen bei diesem Thema um Sorge, Hass, Furcht und Angst. Sie beschwören damit leidvolle Erfahrungen in allen Lebensbereichen herauf. Sie sind, was Sie den ganzen Tag denken. Tom wird irgendwann auch unter Ihren Ängsten leiden. Denken Sie daran, dass Sie Ihren Ex nicht ganz ausblenden können. Er ist der Vater Ihres Sohnes und er hat ein Recht sein Vater zu sein. Für sich und auch für Tom ist ein Vater von Nöten.

Natascha wusste, dass Frau Schwab recht hatte. Trotzdem sagte sie nichts und dachte über die Worte nach.

«Sie haben einen süßen Sohn», entschärfte Frau Schwab die angespannte Situation. «Ich habe ihn gestern in der Krabbelgruppe kennengelernt. Er hat ein sonniges Wesen. Es freut mich, dass er nicht so viel Schaden aus eurer gemeinsamen Zeit hat.»

«Meinen Sie wirklich?», fragte Natascha.

«Ja, da bin ich mir sicher. Wissen Sie, es ist oft leichter getrennt zu sein und sich irgendwann wieder gut zu verstehen, als in so einer gewaltvollen Beziehun-

gen zu leben. Dort lernen die Kinder, dass Gewalt normal ist und können es später nicht gut kontrollieren und werden vielleicht selbst solche Beziehungen leben. Seien Sie froh und dankbar, dass Tom ein gesunder Junge ist. Dass Sie es geschafft haben, seine Zukunft anders zu gestalten. Seien Sie dankbar, dass Sie ihm ein anderes Frauenbild vermitteln können, als es sein Vater hätte tun können.»
Natascha freute sich und war ganz stolz.
«Lassen Sie Ihren Stolz ruhig zu, Frau Milauf! Sie können mit Recht sehr stolz auf sich sein! Außerdem könnte es ja auch sein, dass Sie Ihrem Ex geholfen haben. Vielleicht wird er auch das Bild der Frauen überdenken. Er sollte ein Vorbild für seinen Sohn sein und jetzt stellen Sie sich Tom in 20 Jahren vor, wenn er zu Besuch bei seinem Vater ist und er seine Lebensgefährtin schlägt! Das wird Tom beschämen und er wird es nicht zulassen.»
«Liebe Frau Schwab, ich danke Ihnen. Die Gespräche mit Ihnen helfen mir. Ich freue mich auf den Nächsten, auch wenn ich ehrlich sein will, dass ich sehr fertig bin nach den Terminen.»
Sie gab Frau Schwab die Hand, diese wusste, dass ihre Klientinnen geistig sehr viel leisteten und kommentierte Natascha nicht.

Natascha wollte an sich arbeiten, auch wenn sie dem Ganzen nicht so sehr traute. Sie wusste sehr wohl, was ein Lächeln bewirken konnte. Öfter schon hatte sie früher zu Monika gesagt, sie solle ab und zu mal ihre Mundwinkel zu den Ohren ziehen. Auch Natascha hatte ihr Lächeln eine Zeitlang verloren, aber es sollte nun eine neue Zeit beginnen.

Natascha experimentierte mit ihrer Wirkung und testete Aktion - Reaktionen. In alltäglichen Situationen zeigte sich wie machtvoll sie war. Sie betrat die Bank und sagte keinen Ton.

Jeder schaute ernst und unzufrieden. Sie setzte sich auf einen Stuhl in der Bank und beobachtete einen Moment die Menschen. Sie kamen und gingen.

Niemand sagte etwas. Tom schlief seelenruhig in seinem Wagen. Natascha wunderte sich, wo waren die Kinder in jeder Person?

Sie erinnerte sich an ein Buch, das sie einmal gelesen hatte, dort stand geschrieben: Das Geheimnis der Genialität besteht darin, sich bis ins hohe Alter den Geist eines Kindes zu bewahren.

Natascha beobachtete, wie erwachsen alle waren. Kein Lächeln, kein nettes Wort und noch viel schlimmer, keinen guten Tag und kein auf Wiedersehen.

Sie schaute Tom an und stellte sich die Frage der Verantwortung. *Sind wir nicht alle verantwortlich?*

Natascha war sich sicher, dass jeder Frieden und Freude schaffen konnte. Natascha sah die Welt plötzlich anders. War es nötig gewesen, die Zeit mit Steve zu verbringen, um wach zu werden? Um die Augen zu öffnen und die Welt ganz neu zu betrachten?

Auch am nächsten Tag ging Natascha zur Bank, sie öffnete die Türe, betrat den Schalterraum. Mit einem herzlichen «Guten Tag» und einem Lächeln im Gesicht schob sie Tom vor sich her. Die Personen, die in der Bank waren, drehten sich zu Natascha um. Sie lächelten, als sie Nataschas positive Art wahrnahmen und begrüßten sie ebenso freundlich mit einem «Guten Tag», manche noch etwas schüchtern. Natascha tätigte eine Überweisung. Als sie sich umdrehte, sah sie eine ältere Frau, die Richtung Tür ging.
Natascha schob den Kinderwagen etwas schneller und öffnete freundlich der Dame die Tür. Diese war sichtlich überrascht und bedankte sich. Natascha ließ ihren Blick in die Runde schweifen und bemerkte zwei Männer, die nahe der Tür standen und die sich beschämt bemühten Natascha's Blick auszuweichen. Natascha dachte: *Was sind das denn für Bauern!* Scherzhaft streckte sie ihren Kopf in Toms Kinderwagen und erklärte ihm: «Schau mal, Tom, merk dir die Gesichter der Männer, sollten sie im Alter eine Tür nicht aufbekommen, lass sie nicht stehen und hilf ihnen, auch wenn sie heute eine ältere Dame ignorierten. Denn sie wussten nicht, was sie tun. Sie wissen nicht, das, was sie ernten, sie vorher gesät haben.» Natascha hatte ihre Stimme erhoben, sodass die Männer es auch hören konnten und etwas leiser ergänzte sie, «ganz wie dein Vater.»
Natascha teilte ihre Gedanken und die Erfahrungen in der Bank mit Melanie. Bei einem Kaffee sprachen

die jungen Frauen über Gott und die Welt. Die Kinder spielten auf dem Teppich.
«Wir müssen etwas verändern, Melanie, ich werde heute damit beginnen. Ich jammere hier, obwohl es Kriege gibt, Menschen verhungern und viele haben keine Chance, jemals satt zu werden. Ich werde Tom ein anderes Leben ermöglichen und ich werde mich erkundigen, wo ich helfen kann. Im Dienste anderer bedürftiger Menschen möchte ich aufgehen.»
Natascha erwähnte die Dame in der Bank und deren Dankbarkeit.
«Glaubst du, Melanie, dass mich das glücklich gemacht hat? Es war schön und ich bin dankbar für dieses Erlebnis, dass solche Kleinigkeiten so Großes bewirken können. Ist das nicht klasse, wie machtvoll wir sein können? Frau Schwab hatte recht. Oft nehmen wir unsere Verantwortung nicht ernst. Wir beten zu Gott, das alles gut wird, oder Melanie?»
«Stimmt, du hast recht.»
«Dabei können wir was verändern. Wie in der Bank. Ich werde an mir arbeiten und dies für meine Zukunft umsetzen. Mit gutem Vorbild voran.»
Tom lachte plötzlich aus heiterem Himmel, irgendetwas fand er witzig. Melanie und Natascha mussten auch lachen.
«Und als erstes werde ich einem anderen Kind, das es nicht so leicht hat, helfen.

«Hallo Torben, ich bin's, Natascha.»
«Hallo Natascha, wie geht es dir? Lange nichts von

dir gehört, lass mich überlegen. Mensch, über fünf Jahre nicht mehr. Wie die Zeit vergeht!»
«Da sagst du was, Torben, ich bin bereits Mama von einem kleinen Bub.»
«Nicht wahr! Du warst doch immer so die Lebefrau und bist schon sesshaft geworden?»
«Na ja, so kann man das nun nicht nennen, aber auf jeden Fall bin ich schon Mama.»
«Herzlichen Glückwunsch!»
«Sag mal, Torben, du hast doch eine Patenschaft für ein Kind in Afrika, oder?»
«Ja stimmt, bereits seit acht Jahren, und ich bin froh, etwas von meinem Wohlstand abzugeben.»
«Das ist eine tolle Sache! Ich würde auch gerne so etwas machen. Kannst du mir bitte die Daten für einen Antrag per Mail zukommen lassen?»
«Sehr gerne, das werde ich tun.»
«Danke Torben, sorry ich bin kurz angebunden, aber ich werde mich bei dir melden, sobald ich etwas mehr Zeit habe.»
«Ja, tu das, mach's gut, Natascha.»

Torben war schon damals sozial sehr engagiert und sie hatte über ihn gelächelt. Für sie war er eben ein netter Spinner. Damals dachte Natascha allerdings auch nicht, dass sie ihm einmal nacheifern würde.
Er sorgte sich um Obdachlose und kümmerte sich darum, dass sie eine warme Mahlzeit bekamen und wenn es kalt war, ein Dach über dem Kopf. Er sagte früher schon, dass er mehr tun müsste, weil noch

nicht viele verstanden haben, dass jeder ein wenig tun könnte und es würde sich etwas verändern.
Natascha änderte ihr Denken, langsam, aber alles wurde ihr immer deutlicher, und viele Dinge kamen ihr in Erinnerung. Dinge, die sie gelernt hatte, wie zum Beispiel Bitte und Danke. Dinge, die sie bereits als Kind lernte.
Sie wollte ihre Werte auch an Tom weiter geben und hoffte sehr, dass sie es schaffen würde.

Es klingelt, Natascha erschrickt, zu tief ist sie in ihrem Buch versunken. Es klingelt ein weiteres mal, sie geht zur Tür und öffnet.
«Hey, Tom, was machst du denn hier?»
«Hallo Mama, ich habe ein paar Tage frei und wollte dich überraschen.» Tom strahlt über das ganze Gesicht und zieht seine Mutter in seine Arme.
«Darf ich rein?»
«Natürlich, mein Schatz, komm rein. Möchtest du etwas trinken, mein Junge.»
«Lass uns den leckeren Tee trinken, den du auf dem Markt hier gekauft hast.»
Natascha nickt. Arm in Arm gehen sie in die Küche und Natascha setzt Wasser auf.
Auf dem Balkon machen sie es sich bequem und nippen an ihrem Tee.
«Nun erzähl Tom, was verschlägt dich hier her?»
«Nichts Spezielles, Mama, ich hatte nur das Verlangen ein paar Tage mit dir zu verbringen. Zu schnell

vergehen die Tage, die Wochen und die Jahre.»
Natascha grinst: «Da hast du recht. Es freut mich sehr, dass du hier bist.»
«Und außerdem habe ich eine kleine Überraschung geplant. Morgen früh machen wir zwei einen Ausflug. Du sagst doch immer, ich solle immer tun, was ich gerne einmal machen würde und dass diese Momente, in denen ich mir was Gutes tue, die Kraftquellen sind.»
Natascha schmunzelt und nickt, denn oft hatte sie das Gefühl gehabt, dass ihr Sohn ihr nicht richtig zuhörte. Tom fährt fort: «Und nun möchte ich so etwas tun und das möchte ich mit dir erleben.»
Natascha erschrickt innerlich, denn ihr Tom war und ist ein kleiner Wirbelwind und er verrät einfach nicht, was er geplant hat. Natascha sieht sich schon aus einem Flugzeug springen, nur mit einem Fallschirm ausgestattet.

Maria bereitet das Frühstück, Natascha und Tom langen kräftig zu.
Maria arbeitet schon länger bei Natascha auf Mallorca, sie ist sehr fleißig und dankbar. Sie stammt aus einer armen Familie auf der Insel und die Kluft hier ist sehr groß. Der Makler riet Natascha damals ab, sie als Haushaltshilfe einzustellen. Doch Natascha entschied sich bewusst für Maria und sie sollte recht behalten. Selbst ihr Mann half, wenn es etwas zu reparieren gab.

Wenn sie sich ankündigte, waren Lebensmittel, die Natascha gerne aß, im Kühlschrank und das Bett frisch bezogen. Einfach toll.
Frisch und gestärkt besteigen Tom und Natascha ihre Fahrräder, sie fahren an der Küste vorbei. Die Sonne scheint, keine Wolke stört das Blau des Himmels. Natascha genießt es sehr.
Mit Schwimmsachen im Gepäck fahren sie weitere sechs Kilometer bis zum Hafen. Dort hält Tom an und zeigt auf ein Speedboot. Natascha liebt es Boot zu fahren und strahlt übers ganze Gedicht.
«Einfach toll hier und das ist eine super Idee von dir!»
«Warte nur ab, es wird noch besser!», erwidert Tom. Auf dem Boot warten zwei rassige Spanier. Natascha macht es sich auf dem Boot bequem.
«Hola buenos dias señora, ¿cómo estás?»
«Muy Bien» erwidert Natascha mit voller Überzeugung.
Der Herr gibt ihr einen Schnorchelanzug und fragt, ob sie mit dem Anziehen zurechtkommen würde.
Natascha grinst wie ein Kind übers ganze Gesicht und schaut zu Tom, er lächelt und zwinkerte seiner Mutter zu.
Es ist einfach schön, sie gleiten mit dem Boot über die Wellen, der Wind zerrt an den Haaren und die Sonne wärmt sie. Nach einer Stunde erreichen sie eine traumhafte Bucht. Tom und Natascha haben bereits ihre Anzüg an, Schnorchel in der Hand und

Brille auf der Nase. Der Guard erklärt noch ein paar wichtige Regeln und dann schlüpfen sie in ihre Flossen.
Natascha und Tom springen gleichzeitig, losgelöst von Zeit und Raum, unbekümmert wie zwei kleine Kinder ins klare türkisfarbene Wasser.
Einer der Spanier schwimmt voraus, Tom und Natascha hinterher. Sie machen kleine Bewegungen mit den Füßen und gleiten durch das Wasser. Sie sehen blaue Fische mit gelben Gesichtern in einer kleinen Formation. Rote Fische, gelbe Fische und auch grüne waren dabei. Natascha genießt es mit jeder Faser ihres Körpers eins zu sein mit dem Meer. Sie sieht die Regeln des Meeres, die Farbenpracht der Fische und der Meeresfauna. Sie schließt die Augen für einen Moment und sagt zu sich: «Danke, danke für dieses Erlebnis.» Sie öffnet die Augen und blickt zu Tom, er lächelt und macht unter Wasser den Daumen hoch. Natascha nickt und bestätigt, dass alles top in Ordnung ist.
Sie schnorcheln noch eine weitere Stunde. Die Zeit vergeht wie im Flug und jeder der Drei genießt den Augenblick voll und ganz. Selbst der Spanier, der dies sicher häufiger sah, schaut wie ein kleiner Junge sehr zufrieden. Natascha schwimmt zu Tom und gibt ihm die Hand. Sie blickt ihn an und beide wissen, dass sie diesen Moment nie wieder vergessen werden.
In der Gegenwart zu leben kann viele Momente unvergessen machen.

Nach dem Ausflug sonnen sie sich noch auf dem Boot und gegen Nachmittag fahren sie zurück in den Hafen. Natascha und Tom lassen den Nachmittag mit einer leckeren Paella ausklingen.

Sie sprechen nicht viel, sind schweigsam und jeder hängt seinen Gedanken nach.
Gut gesättigt besteigen sie ihre Räder und strampeln nach Hause.
«Wie geht es eigentlich Steve?»
«Leider nicht so gut, Mama, er bekommt kein Bein auf den Boden und immer, wenn ich da bin, habe ich das Gefühl, dass es schlimmer ist. Jetzt hat er eine neue Freundin, die ihn völlig auflaufen lässt. Patty ging ja echt noch, sie war super nett und eine große Stütze. Doch mein Vater wird es nicht mehr lernen, aber Mama, ich bin dafür nicht verantwortlich. Ich gehe ihn besuchen und habe immer das Gefühl, dass ich störe. Vater lebt in einer Traumwelt, nicht in der Vergangenheit, nicht in der Gegenwart und auch nicht in der Zukunft. Er ist alt genug, ich musste auch als kleiner Junge oder junger Mann alleine klar kommen, er half mir auch nicht ein Mann zu werden.» Tom muss lachen. «Ich meine natürlich nicht, was du jetzt denkst.»
Natascha lacht: «Was denke ich denn?», faxt sie.
«Weißt du noch, wie mir Fred zeigte, wie ich mich rasieren muss?»
Tom und Natascha schütteln sich vor Lachen, denn

Fred ist Links- und Tom Rechtshänder. Das war super witzig.

Voller Euphorie setzt sich Natascha am Abend wieder an ihr Buch und tippt wieder Buchstabe für Buchstabe auf den Bildschirm.

Der Dritte Termin stand an und Natascha freute sich richtig. Sie hatte das Gefühl, dass Frau Schwab an sie glaubte, es machte ihr viel Mut und sie genoss die Gespräche mit der warmherzigen Frau.
«Was wollen Sie heute mit mir besprechen, Frau Milauf? Was kann ich für Sie tun?»
«Das ist eine gute Frage, irgendwie weiß ich nicht, was ich Sie fragen oder über was ich sprechen möchte. Ich habe nach meinen letzten zwei Terminen bei Ihnen viel gelernt. Sie unterstützen mich, über mich nachzudenken. Ich weiß, dass sich was ändern muss, aber ich weiß nicht, wo die Reise hingeht. Ist das schlimm, Frau Schwab?»
«Absolut nicht, haben Sie Geduld, das passiert nicht über Nacht. Egal, was ich Ihnen empfehle oder welche Gedanken wir austauschen, Sie wissen am besten, was für Sie stimmig ist! Haben Sie schon einmal von Emotionaler Intelligenz gehört?»
Natascha schüttelte den Kopf.
«Lange Zeit sprach jeder nur vom IQ[6] als Maßstab für den Erfolg. Doch dies ist überholt, denn die Emotionale Intelligenz ist viel ausschlaggebender für Ihr

6 Intelligenzquotient

Leben, Ihren Erfolg als Ihr IQ. Unter die Emotionale Intelligenz fällt zum Beispiel die Kommunikationsfähigkeit, die Menschlichkeit, Höflichkeit und das Mitgefühl.»
Natascha wusste, dass sie in diesen Bereichen viel zu lernen hatte und hörte Frau Schwab weiter zu.
«Das Besondere an dieser Intelligenz ist, dass es hier nicht nur um den Umgang mit sich selbst, sondern auch um den Umgang mit seinen Mitmenschen geht. Ich werde Ihnen eine Hausaufgabe mitgeben. Bitte lesen Sie sich die Unterlagen durch und beantworten Sie die Fragen auf der zweiten Seite. Bei unserem nächsten Termin können wir darüber sprechen, wenn Sie mögen.»
«Glauben Sie, Frau Schwab, dass diese Art der Intelligenz messbar ist? Glauben Sie, dass ich über Emotionale Intelligenz verfüge?»
«Emotionale Intelligenz ist nicht messbar aus meiner Sicht. Sie umfasst ihr Selbstmanagement auf der einen Seite und Kompetenzen und die Fähigkeiten im Umgang mit anderen Menschen auf der anderen Seite. Sie haben viel durchgemacht in Ihrem jungen Leben. Ich glaube, Sie sind sehr stark und absolut auf einem guten Weg! Was Sie wollen, werden Sie schaffen, ganz sicher.»
Diese Frau ist der Hammer! Klein unscheinbar und so großartig. Unglaublich, dachte Natascha.
Frau Schwab gab ihr zwei Blätter in die Hand und verabschiedete sich zum nächsten Termin.

Etwas traurig, dass die 45 Minuten schon rum sind, musste sie schmunzeln, sie wollte nie wirklich zu ihr gehen. Frau Becker hatte sie dazu gezwungen. *Das war ja mal richtig sinnvoll,* dachte Natascha. In ihrem Zimmer angekommen, ließ sie sich auf ihr Bett fallen, atmete tief durch, rappelte sich wieder auf, setzte sich in einen bequemen Schneidersitz und nahm sich die Zettel von Frau Schwab, um in Ruhe zu lesen.

Emotionale Intelligenz
Folgende Kompetenzen sind für diese Intelligenz entscheidend:

Selbstbewusstsein
Hier ist die Einschätzung der eigenen Persönlichkeit gemeint, also das Erkennen der eigenen Gefühle, Bedürfnisse, Motive und Ziele, aber auch das Wahrnehmen der eigenen Stärken und Schwächen. Es geht darum sich sehr gut zu kennen, wie man in bestimmten Situationen reagiert, was man braucht und wo man an sich arbeiten muss.

Selbststeuerung
Als Selbststeuerung wird die Fähigkeit bezeichnet, die eigenen Gefühle und Stimmungen durch einen inneren Dialog zu beeinflussen und zu steuern. Mit dieser Fähigkeit sind wir unseren Gefühlen nicht mehr nur einfach ausgeliefert, sondern können sie

konstruktiv beeinflussen. Ein Beispiel: Wenn uns etwas wütend macht, können wir uns durch einen inneren Dialog selbst beruhigen und können dann viel angemessener reagieren, als wenn wir nicht in der Lage sind, uns selbst zu steuern.

Motivation

Sich selbst motivieren zu können heißt, immer wieder Leistungsbereitschaft und Begeisterungsfähigkeit aus sich selbst heraus entwickeln zu können. Diese Fähigkeit ist besonders hilfreich in Phasen, in denen ein Projekt schwieriger wird oder wenn die Dinge anders laufen als geplant. Wer sich selbst motivieren kann, findet immer wieder Kraft zum Weitermachen und verfügt auch über eine höhere Frustrationstoleranz, also dem Vermögen, Frust auszuhalten und trotzdem weiterzumachen.

Empathie

Auch Einfühlungsvermögen genannt. Gemeint ist damit das Vermögen, sich in die Gefühle und Sichtweisen anderer Menschen hineinversetzen zu können und angemessen darauf zu reagieren. Es geht darum, Mitmenschen in ihrem Sein wahrzunehmen und zu akzeptieren. Dabei heißt akzeptieren nicht automatisch gutheißen. Andere Menschen zu akzeptieren, heißt, ihnen mit Respekt entgegenzutreten und Verständnis für ihr Tun und Denken zu haben.

Soziale Kompetenz

Unter sozialer Kompetenz versteht man die Fähigkeit Kontakte und Beziehungen zu anderen Menschen zu knüpfen und solche Beziehungen auch dauerhaft aufrecht zu erhalten. Gemeint ist also ein gutes Beziehungs- und Konfliktmanagement, aber auch Führungsqualitäten oder das Vermögen, funktionierende Teams zu bilden und zu leiten.

Kommunikationsfähigkeit

Eine gute Kommunikationsfähigkeit ist unerlässlich für die Emotionale Intelligenz. Gemeint sind damit zwei Dinge: Einerseits die Fähigkeit, sich klar und verständlich auszudrücken, und somit sein Anliegen deutlich und transparent zu übermitteln; andererseits ist damit die Fähigkeit gemeint, anderen Menschen aktiv und aufmerksam zuhören zu können, und das, was sie sagen, zu verstehen und einzuordnen.

Der Nutzen der Emotionalen Inelligenz

Was bringt uns nun diese Emotionale Intelligenz? Wir haben bereits am Anfang auf den Zusammenhang von Erfolg und emotionaler Intelligenz hingewiesen. Erfolg meint hier sowohl beruflichen als auch persönlichen Erfolg.

Menschen mit einer hohen Emotionalen Intelligenz sind beruflich oft sehr erfolgreich, da sie gut mit Menschen umgehen können und über Führungsqualitäten verfügen. Emotionale Intelligenz im Alltag ermöglicht es Ihnen, gut mit Ihrem Partner und Familienmitgliedern klar zu kommen, Konflikte konstruktiv zu meistern und mit sich selbst und anderen Menschen gut auszukommen. Emotional intelligente Menschen können aktiv zuhören und akzeptieren ihre Mitmenschen, so wie sie sind. Damit sind sie meist sehr beliebt und pflegen tiefgehende Beziehungen und Freundschaften. Sie sorgen aber auch gut für sich selbst und sind deshalb meist zufrieden und ausgeglichen.

Wollen Sie wissen, wie emotional intelligent sie sind?
Sie haben bis hierhin durch das Lesen sicher schon einen ersten Eindruck bekommen, in wie weit Sie selbst über die einzelnen Fähigkeiten, die zur Emotionalen Intelligenz gehören, verfügen oder nicht. Wenn Sie gerne Tests machen, können Sie auch spielerisch überprüfen, wie emotional intelligent Sie sind. Fragen Sie sich selbst zum Beispiel:

- Wie gut kenne ich mich selbst? Wie reagiere ich in bestimmten Situationen und warum ist das so?
- Kann ich meine Stimmung selbst beeinflussen oder bin ich meinen Emotionen ausgeliefert?
- Wie gut kann ich mit Aggressionen, Wut, Freude, Zuneigung und anderen Gefühlen umgehen bei mir selbst und bei anderen?

- Wie ist es mit meiner Kommunikationsfähigkeit bestellt?
- Kann ich mich klar ausdrücken und mich verständlich machen? Bin ich in der Lage, anderen Menschen aufmerksam zuzuhören?
- Kann ich gut mit anderen Menschen umgehen?
- Kann ich andere motivieren? Macht es mir Spaß mit anderen Menschen zu arbeiten?
- Kann ich anderen Orientierung geben?
- Verfüge ich über Führungsqualitäten?
- Bin ich bei anderen Menschen beliebt?
- Sind andere gerne mit mir zusammen?
- Suchen sie Rat bei mir?

All diese Fragen sind da, um Denkanstöße zu geben. Nun wissen Sie, was hinter der Emotionalen Intelligenz steckt und Sie können für sich entscheiden, wo Sie noch Defizite haben. Arbeiten Sie daran und kommen Sie weiter. Dies kann der Schlüssel zu Ihrem Erfolg sein. Viel Spaß beim Wachstum!

«Das muss ich erst mal verarbeiten!» Natascha sprang auf. Die Blätter legte sie sorgfältig auf ihren Tisch, sie wollte die Fragen später beantworten. Kurzentschlossen zog sich Natascha ihre Trainingshose an, stopfte Tom in den Kinderwagen und ging in den Park. Sie liebte lange Spaziergänge und außerdem hatte sie das große Verlangen über alles, insbesondere um das soeben Gelesene, nachzudenken.

Zwei Stunden später machte sich Natascha auf den

Heimweg. Sie passte auf, dass ihr niemand folgte. Die Angst saß ihr im Nacken und auch die anderen Frauen mit ihren Kindern wollte sie nicht in Gefahr bringen.
«Hey Melanie», begrüßte Natascha fröhlich Melanie die im Türrahmen stand. «Ich habe von Frau Schwab den Bogen *Emotionale Intelligenz* bekommen! Wow, was da seitdem in meinem Kopf los ist.»
«Ich möchte dich ja nicht schocken, aber ich habe Post für dich.» Melanie wirkte sehr ernst und ging nicht auf Nataschas Fröhlichkeit ein. Sie schwenkte einen blauen Umschlag.
Natascha schnappte sich den Brief und las: Jugendamt. Panik machte sich breit. «Scheiße, was wollen die von mir?»
«Ich glaube, dein Ex hat sich an die gewandt, um Tom zu sehen. Aber am besten schaust du rein, dann weißt du es genau!»
Hastig öffnete Natascha den Umschlag und las laut: «*Guten Tag Frau Milauf, bla bla bla mit Ihrem Sohn Tom bla bla bla möchte der Kindesvater Steve Miller Umgang haben. Wir möchten Sie bitten sich telefonisch zu melden und im Jugendamt vorstellig zu werden, um eine Lösung zum Wohle von Tom zu finden.* Verdammt, Melanie, der will echt Tom sehen! Was mache ich denn jetzt?»
«Frau Milauf! Bitte kommen Sie in mein Büro!», rief Frau Becker. Die Tür zu ihrem Arbeitszimmer stand offen.
«Geh ruhig, ich nehme Tom», sagte Melanie.

«Haben Sie schon gehört, er möchte Tom sehen!» Natascha schossen die Tränen in die Augen.
«Das hatte ich Ihnen bereits angekündigt. Er muss sich erst mit dem Gedanken anfreunden, dass sie weg sind! Um Sie zu sehen, bleibt ihm nur der Weg über Tom. Im Moment geht es ihm noch nicht um seinen Sohn! Aber das wissen wir und wir bereiten uns vor.»
Noch ehe Natascha antworten konnte nahm Frau Becker das Telefon und den Brief aus Nataschas Hand.
Sie erklärte der Dame vom Jugendamt, wo sich Natascha momentan aufhielt und dass ein Termin im Jugendamt nur möglich wäre, wenn Toms Vater davon nichts wüsste. Schnell wurde ein Termin gefunden und Natascha blickte auf den Kalender an der gelb gestrichenen Wand.
«Oh Mann, das ist ja schon in drei Tagen!»
«Bleiben Sie ruhig, Frau Milauf, er weiß nichts von dem Termin und es wird Sie von hier jemand begleiten.»
Natascha wischte sich die Tränen von der Wange. Sie wusste, dass sie sich ihm stellen musste.
Doch so weit weg von zu Hause hatte sie das einfach ausgeblendet.
«Ich habe eine schrecklich große Angst, Frau Becker, was ist, wenn er doch dort ist? Glauben Sie mir, er wird sich von niemand abhalten lassen.»
Plötzlich dachte Natascha wieder an die Dokumen-

te, die sie bei ihrem Anwalt deponiert hatte und seufzte tief.
«Entschuldigen Sie mich bitte, Frau Becker, ich muss das erst einmal verdauen.»
Natascha verließ den Raum und vor der Tür hielt Melanie Tom im Arm. «Blöd, oder?»
«Da sagst du was, Melanie.» Prompt waren alle Ratschläge von Frau Schwab weg, Panik und Angst machten sich breit. Melanie korrigierte Natascha und wies sie darauf hin, dass es keine Ratschläge seien, sondern Tipps, etwas zu verändern oder sich selbst zu überdenken. «Ratschläge erinnern mich zu sehr an Schläge, Natascha», sagte Melanie.

Steve, ich liebe Erdbeeren, woher wusstest du das? Steve küsste Natascha zärtlich und hielt sie ganz fest, er streichelte ihre Brüste und küsste ihren Hals. Mit beiden Händen hielt er ihren Kopf und küsste sie sehr intensiv. Natascha war erregt und wollte mehr, ihr Körper vibrierte. Seine starken Arme hoben ihr Becken und setzte sie auf seinen Schoß. Steve schaute Natascha tief in die Augen und lächelte sie an. Plötzlich ging die Sonne unter und es wurde dunkle Nacht. So dunkel, dass Natascha Angst bekommen hatte und wollte runter von ihm, er bekam einen roten Kopf und aus seinen Augen tropfte Blut. Er brüllte und hielt Natascha den Hals zu. Er lachte höllisch und Natascha dachte, sie müsse sterben. Sie konnte nicht um Hilfe rufen. Sie verlor ihr Bewusstsein und ihre Augen schlossen sich.

Natascha erschrak und wachte schweißgebadet und triefnass auf. Tom weinte. Sie nahm ihren Tom liebevoll in ihre Arme und wiegte ihn bis er wieder eingeschlafen war.
«Was war das denn? Die Mama hatte einen ganz schlimmen Alptraum, mein kleiner Schatz, du auch?» Natascha war erleichtert und streichelte sanft Tom's Wange.

Der Motor lief und alles wartete auf Natascha.
«Mach's gut, Natascha, und keine Sorge, wir kümmern uns gut um Tom.»
Das wusste sie und doch verzögerte sie die Abfahrt, aber letztendlich führte kein Weg daran vorbei. Am liebsten hätte Natascha den Termin abgesagt. Lieber den Kopf in den Sand stecken und nichts tun. Die Trennung von Steve war erstmalig eine Entscheidung voller Mut. Während der Fahrt dachte sie an den Alptraum der letzten Nacht. Ihr Blick fiel auf einen Vogel, der scheinbar schwerelos neben dem Auto herflog. Schon als Kind wollte sie frei sein, wie ein Vogel. Fliegen ohne Grenzen. Zu sein, wo man möchte und zu bleiben, solange man möchte. Sie summte vor sich hin … Frei wie ein Vogel am Himmel zu fliegen lalala … Sie schloss die Augen und malte sich ihre Zukunft aus, alles war noch wenig verschwommen, noch nicht greifbar, zu sehr überdeckte die Angst ihr rationales Denken. Sie wollte ganz klar erkennen, was möglich ist und was sie

verändern könnte. Als erstes würde sie sich einen Job suchen, nur über Windeln, Babyflaschen und das pädagogisch wertvollste Spielzeug zu sprechen, erfüllte sie im Moment nicht mehr. Sie wusste, dass sie bald wieder mit Tom alleine leben musste. Die Wochen im Frauenhaus vergingen rasend schnell.
Natascha ärgerte sich über die Dame im Jugendamt. Sie sah aus, wie man sie sich vorstellen konnte. Frau Maier-Kunz. *Hütet euch vor Frauen mit Doppelnamen.* Sie hatte einen Dutt und, ohne dass sie in ihrem Büro gesessen hätte, hätte Natascha gewusst, auf welchem Amt sie arbeitete. Auch wenn Natascha sie hasste und alles, was sie sagte, nicht einsehen wollte, wusste sie, dass Frau Maier-Kunz recht hatte.
«Liebe Frau Milauf, Sie dürfen Tom seinem Vater nicht vorenthalten und auch Tom hat ein Recht darauf, seinen Vater zu sehen und kennenzulernen. Ich kann zurzeit nicht erkennen, dass eine Gefährdung Ihres Sohnes vorliegt, denn gegen Tom ist er noch nie handgreiflich geworden. Außerdem habe ich mit Herrn Miller gesprochen, er hat sich dahingehend geäußert, dass er sehr verständnisvoll mit seinem Sohn umgehen würde.»
«Tsss, verständnisvoll, dass ich nicht lache!», Natascha verzog ihr Gesicht. «Er hat sich vorher nicht um Tom gekümmert, als ich noch bei ihm war, also warum jetzt? Und was ist, wenn er ihn einfach mitnimmt und nicht zurück bringt?»
«Ich kann Ihre Bedenken gut verstehen und hatte

Herrn Miller vorgeschlagen, erst einmal einen betreuten Umgang hier im Jugendamt vorzunehmen. Was halten Sie davon, Frau Milauf?»

Natascha nickte: «Ja, ist in Ordnung, ich habe eh keine Wahl!»

Natascha hätte gerne anders gehandelt, aber vielleicht auch, um ihn leiden zu lassen.

Frau Becker und Natascha verließen das Gebäude, keiner sagte etwas, doch beide dachten nach Natascha war sehr froh, dass sie Frau Becker an ihrer Seite hatte. Das Gebäude hatte einen großen Vorplatz und rechts und links eine kleine Mauer.

«Glaubst du echt, dass du damit durchkommst?» Natascha erschrak höllisch, als sie Steve erblickte, der, lässig an der Mauer lehnend, drohend zu ihr blickte . Frau Becker stellte sich sofort schützend vor Natascha. Sie war eine sehr mutige Frau.

«Ich habe dich was gefragt? Glaubst du, dass du damit durchkommst? Ich habe dir was am Telefon gesagt, erinnerst du dich?»

Schweiß bildete sich auf Nataschas Stirn. *Er wird mich umbringen,* dachte Natascha. Doch Frau Becker ließ nicht zu, dass er Natascha näher kam.

«Vergiss du nicht, was ich dir am Telefon gesagt habe, du kleine Schlampe. Willst du mit den Großen pissen?»

Natascha schaute Steve lange in die Augen, sie wollte den Blick halten und ihm damit etwas sagen. Die Luft war zum Schneiden dick.

«Nein, Steve, du wolltest immer mit den Großen pissen, aber mit dem kleinen Pimmel kommst du nicht mal ins Pissoir. Leb wohl, ich verzeihe dir, denn du bist nicht stark, du bist ein armer Mann und du weißt nicht, was du tust. Ich wünsche dir den Blick auf den richtigen Weg und hoffe, du wirst ein richtiger Vater. Denn dann hat sich der Weg hierhin gelohnt.»

Frau Becker sah Natascha mit offenem Mund, völlig überrascht, an und konnte keinen Ton mehr sagen.

«Kommen Sie, Frau Becker, ich möchte nach Hause.»

Natascha hakte sich bei Frau Becker unter und zog sie mit sich. Sie wollte nur schnell nach Hause, ihr Herz klopfte zum Zerspringen. Steve sollte von ihrer Angst nichts merken.

Steve sah den beiden Frauen nach und war sprachlos. Das war nicht mehr die Natascha, die er kannte. *Diese kleine Schlampe hat keine Angst mehr vor mir! Das kann ich mir doch nicht gefallen lassen! Wo kommen wir denn hin, wenn die Frauen machen, was sie wollen? Sie wird schon sehen, was sie davon hat, einfach abzuhauen und die Regeln nicht einzuhalten.* Steve war schockiert, so hatte noch keine Frau mit ihm geredet. Missmutig machte er sich auf seinen Weg.

«Ich bin sehr stolz auf Sie, Natascha», sagte Frau Becker im Auto. «Sie sind viel weiter als manch andere Frau bei uns im Haus.»

«Und ich hatte furchtbare Angst, dass er bemerkt, dass ich in Wirklichkeit nicht so selbstbewusst bin, wie ich es gespielt habe.»

«Trotzdem, gut gemacht!»

Natascha fühlte sich nicht stolz, sondern frei, es fühlte sich an, als hätte sie dieses Aufeinandertreffen gebraucht, den Hass in seinen Augen zu sehen, um sich wirklich abzunabeln.

Freiheit war ein tolles Gefühl.

Natascha wusste inzwischen, dass sie den inneren Frieden erst finden konnte, wenn sie Hass, Groll, Ärger und das Verlangen nach Rache vollständig aus Geist und Herz verbannen würde. Sie genoss die Ruhe im Auto und tankte Kraft aus der Stille. Sie wollte an sich arbeiten und dachte an Konfuzius: Der überlegene Mensch ist immer gelassen und ruhig.

Doch wie so oft im Leben kommen weitere Aufgaben hinzu, nicht, um uns zu strafen, sondern um den Weg in diesem Leben zu bestreiten. Das wusste Natascha zu diesem Zeitpunkt allerdings noch nicht.

Im Haus angekommen, suchte Natascha nach Tom, doch er war nirgendwo zu finden. Natascha dachte, dass die Mädels mit ihm ein Spaziergang machen würden und legte sich auf ihr Bett. Frau Becker stürmte kurze Zeit später in ihr Zimmer und rief: «Ziehen Sie sich schnell die Schuhe an! Melanie ist mit Ihrem Sohn im Krankenhaus. Er hat sehr hohes Fieber.»

«Bitte was?», schrie Natascha hysterisch, als sie sich wie ferngesteuert ihre Schuhe anzog. Sie rannte die fünf Straßen zum Krankenhaus, wie von einer Tarantel gejagt. Auf einer Liege in der Notaufnahme lag Tom. Melanie lag neben ihm und ihre größere Tochter streichelte ihn. Natascha musste weinen. Wie leidend er doch aussah. *Bitte, lieber Gott, nimm ihn mir nicht!* Betete sie in den Himmel. Fühlte seine Stirn, sie brannte regelrecht. Seine Augen waren gläsern und er lachte nicht, als er seine Mami sah.

Das war nicht nur hohes Fieber, das war etwas sehr Ernsthaftes, denn Tom lachte immer, auch wenn er krank war. Diesmal jedoch nicht, so, als wäre er ganz woanders. Natascha bekam eine Gänsehaut und betete leise. Eine Schwester rief Tom aus und Natascha schob das Bett in den Behandlungsraum.

«Na, wen haben wir denn da!», der Arzt begrüßte Natascha und wandte sich sofort Tom zu. «Wir müssen eine Infusion machen, damit der kleine Kerl nicht austrocknet. Dazu legen wir hier im Arm einen Zugang. Darüber können wir dann auch Medikamente geben, wenn es nötig ist.»

Natascha nickte stumm. Sie schaute auf Toms kleine Hand, nahm sie und fühlte sich völlig überfordert.

Natascha entschließt sich eine kurze Pause einzulegen und sich eine powervolle Auszeit zu gönnen. Nur

mit ihrer kurzen schwarzen Laufhose, ihrem gelben Shirt und ihren Turnschuhen bekleidet, macht sie sich auf den Weg.
Viel zu selten nutzt sie die noch sehr neuen Kleidungsstücke, immer wieder kommen Termine und Besprechungen dazwischen.

Natascha steckt sich die Stöpsel ihres MP3 Players ins Ohr und läuft los. Sie überquert die Hauptstraße und biegt links auf den Weg ab, der sich an einer kleinen Ranch vorbei am Deich in Richtung Strand entlang schlängelt, die frische Luft im Haar, die Sonne auf der Haut, die Musik im Ohr entspannt sie völlig. Nach 45 Minuten ist sie wieder zu Hause und freut sich, dass die neuen Schuhe nicht nur optisch einiges hergaben.
Sie genießt es, sich ab und zu etwas zu gönnen. Das musste sie auch lernen, doch inzwischen schenkt sie sich sogar auch etwas zu ihrem eigenen Geburtstag. Sie ist dankbar, dieser Tag zeigt ihr wieder einmal, wie gut es ihr geht. Sie zieht sich ihre nass geschwitzten Sportsachen aus und zum Abkühlen schwimmt sie nackt ein paar Bahnen in ihrem Pool.

Mit einer alkoholfreien Pina Colada setzt sie sich nach ihrer Auszeit wieder an ihren PC und vollendet das Kapitel. Sie ist kraftvoll. Was diese kurze Auszeit bewirkt, ist einfach unbeschreiblich. Doch nun wird es wieder ernst. Sie will unbedingt das Buch fertig stellen.

«Frau Milauf, Ihr Sohn hat eine Blasenentzündung!», erklärte der behandelnde Arzt.
«Wo hat er die denn her und was können wir da tun?»
«Woher er sie hat, kann ich Ihnen nicht sagen, wir müssen ihm Antibiotika geben und dafür sorgen, dass die Nieren gespült werden. Tom muss sehr viel trinken. Wir werden ihn ein paar Tage hier behalten.»
«Herr Dokter, kann ich bei ihm sein? Bitte, ich möchte ihn nicht alleine lassen, ich habe ihm versprochen, ich werde gut auf ihn aufpassen!», bettelte Natascha.
«Ich werde nachfragen, ob es noch ein Bett für Begleitpersonen gibt, aber ich glaube, es sind alle belegt! Ich kann Ihnen da keine große Hoffnung machen.», antwortete der Arzt.
Es bewahrheitete sich und Natascha entschloss sich, trotzdem in der Kinderklinik zu bleiben und auf einem Stuhl zu schlafen.
Nur wenige Stunden später ging bereits das Fieber runter und Tom bekam eine bessere Hautfarbe, er schlief ruhig, während Natascha ihn streichelte. Im Gegenzug konnte Natascha nicht schlafen. Sie dachte nach. Sie dachte an Mario. Sie sehnte sich nach Liebe, nach einer Umarmung, sie blickte in die Nacht und fühlte sich unheimlich einsam. Ob Mario noch an sie denken würde? Ob er sauer wäre?
Sie nahm den Telefonhörer im Zimmer und wählte Marios Nummer, die ihr immer noch im Gedächtnis war.

«Hallo?», hörte sie eine verschlafene Stimme am Telefon.
«Hey, ich bin's, Natascha.»
«Hast du mal auf die Uhr geguckt?»
«Ja, aber ...!»
«Ist was passiert?», fragte Mario.
«Nun ja, irgendwie musste ich an dich denken, ich bin sehr einsam und Tom ist im Krankenhaus und überhaupt fühlt sich alles gerade komisch an.»
«In welchem Krankenhaus bist du? Ich komme vorbei und tröste dich!»

Nur zwei Stunden später senkte sich die Klinke der Tür zu Tom's Zimmer, die einen kurzen Moment später leise geöffnet wurde. Natascha fiel Mario in die Arme und weinte. Sie brauchte eine Schulter zum anlehnen.
Er war da und Natascha erzählte ihm von den vergangenen Monaten. Beide stellten fest, wie arg schnell die Zeit vergangen war. Es war schön mit jemanden zu sprechen und sie erinnerte sich an den besagten Tag und die große Zärtlichkeit von damals. Sie blickte Mario in die Augen und näherte sich seinem Mund. Zärtlich küsste sie ihn. Er erwiderte den Kuss, doch plötzlich zog er sich zurück.
«Du, sorry, Natascha, ich kann das nicht. Zu sehr hast du mich enttäuscht. Ich hatte eine andere Erwartung an dich und ich dachte damals, wir hätten eine Chance.»

«Ja, aber für deine Enttäuschung kann ich nichts, deine Erwartungen sind ja deine und du wusstest, dass ich in einer schwierigen Situation bin.»
Beide schwiegen einen Moment und Natascha schaute Mario an. Er sah sehr gut aus, das war ihr bisher nie so richtig aufgefallen. Er streifte sein braunes Haar mit der Hand aus seinem Gesicht.
Natascha nahm tief Luft. Wie gut Mario roch. Ausgehungert nach Liebe schloss sie kurz ihre Augen.
«Ich muss dir etwas sagen Natascha.»
Natascha öffnete ihre Augen und schaute Mario erschrocken an, denn seine Stimme klang ernst.
«Ich habe seit vier Wochen eine Freundin, die ich sehr liebe. Du hast immer einen Platz in meinem Herzen, deshalb bin ich hier, aber ich will meine Beziehung nicht aufs Spiel setzen. Ich habe kein Vertrauen zu dir, zumindest, was deine Gefühle und deine Empfindungen angeht. Eine Zukunft mit dir ist mir zu unsicher.»
Natascha konnte nicht glauben, was Mario da sagte. Sie war enttäuscht, hatte sie sich doch scheinbar in ihn verliebt. Sie saßen bereits über drei Stunden zusammen im Zimmer an Tom's Bett und es fühlte sich alles so vertraut an.
«Ist das dein Ernst?», stotterte Natascha.
«Es tut mir leid, Natascha, bring du doch erst einmal dein Leben in Ordnung und dann ...»
Weiter ließ ihn Natascha nicht sprechen und bat ihn zu gehen.

«Aber Natascha!»
«Nein, Mario, geh jetzt bitte.»
Sie sahen sich in die Augen, verweilten eine Weile in den Augen des Anderen, senkten den Blick und Mario verließ mit einem leisen «Sorry» das Zimmer. Natascha war traurig, mit dieser Art von Abweisung hatte sie nicht gerechnet! *Der spinnt wohl? Was glaubt er, wer er ist? Mann oh Mann, Männer.* Doch egal, wie sehr sie sich auch bemühte, ihn verantwortlich zu machen, wusste sie doch selbst, dass sie nur mit ihm gespielt hatte. Und nun beim zweiten Anlauf merkte sie, dass er ihr doch gefährlich werden konnte. Schließlich ist es so, dass sie doch schon immer das haben wollte, was sie nicht bekommen konnte.
Andere Mütter haben auch hübsche Töchter, äh Söhne meinte ich, verbesserte sich Natascha.
Okay, dann muss ich versuchen Max ausfindig zu machen, er kann mir geben, was ich brauche.
Sie wusste, wo er arbeitete und das war ganz nah. Im Stuhl sitzend, legte sie ihren Kopf zu Tom aufs Bett und schlief ein.

«Guten Morgen!» Eine Krankenschwester betrat das Zimmer voller Elan. «Es ist Zeit aufzustehen!»
Eine Domina war nichts gegen diese Frau, Natascha gähnte laut. Mit Schwung riss sie die Gardinen auf: «Raus aus dem Bett, in 30 Minuten kommt die Visite.»
«Das ist jetzt nicht ihr Ernst. Geht's auch bisschen

leiser?», knurrte Natascha leicht gereizt. «Mein Sohn schläft noch.»
«Das mag sein, aber denken Sie dran, dass der Doktor ihn gleich untersuchen möchte und dann wecken wir ihn lieber gleich.»
Mensch, geht die mir auf den Sack, die hat doch einen Dachschaden! dachte Natascha, dennoch weckte sie Tom ganz sanft. Heute war er zum Glück nicht mehr heiß. Die Infusion lief die ganze Nacht während sein geschwächter kleiner Körper schlief. Er hatte nichts mitbekommen von seiner Mutter, ihre verzweifelten Versuche sich in die Arme eines Mannes zu stürzen, der ihr helfen würde, beide Beine auf den Boden zu bringen.
Natascha hatte kein großes Selbstwertgefühl, sie konnte nicht glauben, dass sie es schaffen würde. Sie hatte nie gelernt, an sich zu glauben. Oft hatte sie helle und mutige Momente, aber leider viel zu selten.

Nach zwei Tagen wurde Natascha mit Tom wieder aus dem Krankenhaus entlassen und auch Nataschas Ohren hörten langsam wieder richtig. Tom hatte beim Blut abnehmen so gebrüllt, dass Natascha dachte, sie bekäme einen Hörschaden. Zum Glück war auch im EEG nach dem Verdacht eines Fieberkrampfes nichts Bedenkliches zu sehen. Doch eines blieb, das Gefühl in Natascha, alleine zu sein. Sie vermisste ihr zu Hause, ihre Stadt, ihre Kollegin-

nen und auch Monika. Melanie war toll, dennoch war sie nicht Monika. Mit Monika hatte sie eine gute Zeit verbracht. Natascha erinnerte sich gerne an den extrem witzigen promillereichen und mit Sex überfluteten Urlaub in Kreta zurück.
Natascha lachte bei den Gedanken an den Urlaub. Sie hatten so unglaublich viel Spaß, abgesehen von dem Unfall, bei dem beide fast ihr Leben verloren hätten.
Sie waren mit einer Vespa unterwegs in den Bergen. Sie lachten und fühlten sich so unglaublich unbesiegbar, so frei und so unbeschwert. Ein Auto setzte zum Überholen an. Plötzlich scherte der PKW viel zu knapp vor ihnen ein. Monika verlor die Kontrolle über die Vespa. Das Zweirad rutschte und fiel auf die Seite. Monika hatte noch die Hand am Gasgriff und so wurden sie von der Vespa über den Asphalt gedreht, Monika nahm schnell die Hand vom Gas und, Gott sei Dank, stoppte das Gerät. Die Beine zwischen Asphalt und Vespa waren Blut überströmt.
Monika stand völlig unter Schock und lachte laut, sie konnte gar nicht mehr aufhören.
«Halt die Klappe!», schrie Natascha sie an. «Siehst du nicht, dass wir verletzt sind?»
Urplötzlich füllten sich Monika's Augen mit Tränen.
«Oh, mein Gott! Was ist passiert? Ich bin schuld!»
«Nein, bist du nicht! Das Auto hat uns geschnitten, du kannst nichts dafür!»
Nur langsam beruhigte sie sich. Natascha überleg-

te angestrengt. *Wie sind wir denn damals nach Hause gekommen?* Sie konnte sich beim besten Willen nicht mehr daran erinnern.

Erst am nächsten Tag sahen die Beiden wie knapp sie dem Tod von der Schippe gesprungen waren. Sie waren zu der Stelle gefahren, wo das Blut die Straße getränkt hatte. Ein riesiger Abgrund tat sich vor ihnen auf, der rechts von der Straße mindestens 20 Meter in die Tiefe führte. Natascha hatte noch ganz weiche Knie, wenn sie daran dachte. Denn hätte Monika nicht die Vespa nach links, sondern nach rechts gelenkt, wären sie gestorben.

Aber das Ende sollte wohl noch nicht sein, einen anderen Weg sollte sie gehen, Erfahrungen sammeln und lernen.

«Melanie, ich möchte wieder heim. Ich werde euch alle vermissen. Mein Zimmer mit den liebevollen Kleinigkeiten, der gedeckte Frühstückstisch, der Zusammenhalt und unsere vielen stundenlangen Gespräche. Sie haben mir viel geholfen. Aber jetzt will ich heim.»

Melanie gönnte es ihrer Freundin, doch auch sie wäre gerne nach Hause gegangen, doch leider hatte sie es noch nicht geschafft. Natascha sah den traurigen Blick.

«Melanie», sagte sie und nahm sie in den Arm, «du hast immer einen Platz in meinem Herzen und auch du schaffst es, deinen Weg zu gehen, deine Zeit wird

kommen. Und jetzt schau nicht so traurig, noch bin ich ja da! Ich hab dich lieb!», und Natascha drückte Melanie einen dicken Schmatzer auf die Lippen. Beide drückten sich und lachten.
«So, ich geh schnell zu Frau Becker und frage sie, wie das jetzt läuft.»
«Mach das, Natascha, ich schaue in der Zeit nach Tom.»

Mit ein paar Fakten nahm Frau Becker Natascha erst einmal das ungezügelte Temperament und ihre Ungeduld.
«Sie müssen sich erst einmal eine Wohnung suchen und ich denke es wäre auch besser, wenn Sie einen Job haben. Was haben Sie gelernt?»
«Ich habe als Verkäuferin gearbeitet, allerdings würde ich gerne etwas anderes machen.»
«Was würden Sie gerne machen?»
«Ich weiß es nicht. Leider habe ich nicht so viele Möglichkeiten, weil ich nur einen Hauptschulabschluss habe.»
«Okay, das macht die Sache etwas schwieriger. Haben Sie ihre Ausbildung abgeschlossen?»
Natascha senkte die Augen: «Nein, leider nicht.»
Sie war irgendwie immer das schwarze Schaf, weil sie nie wusste, was sie wollte. Sie wusste immer nur, was sie nicht wollte.
«Gut, Frau Milauf, dann überlegen Sie sich bitte, was Sie gerne arbeiten möchten und dann kommen

Sie wieder in mein Büro. So läuft das nicht, Lebenskünstler mit einem kleinen Kind. Das geht in die Hose!»

Natascha nickte und verließ das Zimmer. Die Tür fiel ins Schloss und Natascha hätte am liebsten Frau Becker den Hals umgedreht.

«Das war eine verbale Ohrfeige, Mann.», zickte Natascha ins Leere.

«Ich glaube, ich bleibe euch noch eine Zeit erhalten.», erklärte Natascha der verdutzt drein schauenden Melanie.

«Was meinst du damit?»

«Ja, ohne Job und Wohnung lässt sie mich quasi nicht gehen. Das ist wie ein Gefängnis. Aber abhauen geht nicht, dennoch nervt die mich gerade voll ab. Die hat sie doch nicht mehr alle! Eine Betreuung für Tom muss ich auch noch finden.»

Natascha wollte nicht aufgeben und wälzte die Zeitung, Rubrik: Wohnungen zu vermieten.

«Guten Tag, mein Name ist Natascha Milauf, ich suche eine Wohnung für mich und meinen Sohn. Ist die Wohnung noch frei?»

«Ja das ist sie, wie alt ist denn Ihr Sohn?»

«Er ist jetzt eineinhalb Jahre alt.»

«Nun, entschuldigen Sie bitte, ein Hund oder eine Katze wäre in Ordnung, aber ein Kind in dem Alter wollen wir nicht.»

Verdutzt legte Natascha auf.

Okay zweiter Versuch.

«Guten Tag, mein Name ist Milauf, ich habe Ihre Anzeige gelesen! Ist die Wohnung noch frei?»
«Ja», antwortet ein älterer Mann am anderen Ende, «was arbeiten sie denn?»
Natascha antwortet ihm: «Nun, im Moment noch nicht, ich bekomme Sozialhilfe ....»
Sie hörte nur noch das Besetztzeichen. «Hat der jetzt aufgelegt?» Natascha blickte sprachlos zu Melanie. Natascha rief noch einmal an. «Entschuldigen Sie, die Verbindung ist unterbrochen worden.»
«Nein!», antwortete der Mann, «aber an soziale Schmarotzer vermiete ich nicht!» Und legte wieder auf.
«Ej, der hat echt aufgelegt. Hat der den Arsch auf? Was für ein Hohlkopf!»
Alle weiteren Anzeigen telefonierte Natascha ab, doch nirgendwo hatte sie Erfolg. Zu groß, zu klein, zu teuer oder lieber Tiere statt Kinder. Sie war frustriert.
Ihr Plan sah eigentlich vor, den Koffer zu packen und auszuziehen. Sie hatte sich das viel einfacher vorgestellt. Außerdem brauchte sie etwas zum Kuscheln, sie fühlte sich ausgehungert.
«Tom, ich habe die Lösung, statt Sprechen bringe ich dir Bellen bei und beim Karnevals Discounter kaufe ich dir ein Bello Kostüm!»
Melanie hatte einen Mega-Lach-Flash, sie steckte alle an, die Stimmung war aufgeheitert und doch so verzweifelt.

Natascha streckt sich und erinnert sich daran, dass sie bald packen muss. Der Urlaub nähert sich ziemlich rasch seinem Ende. Und der Flieger wartet nicht.
Zu Hause warten ihr Freund, und ein Training. Sie freut sich darauf, denn sie liebt es Menschen, die ihr Seminar besuchen, zu unterstützen.
Menschen stützen, in schwierigen Zeiten, helfen, wenn niemand mehr zuhört, helfen wenn alles verzweifelt scheint.
Am Flughafen sendet Natascha Tom noch eine kurze Nachricht per Handy. *Ich habe gerade an dich gedacht und sende dir sonnige Grüße. Danke für die tolle Zeit und danke, dass es dich gibt in meinem Leben! Deine Mama.*

Das Seminar beginnt pünktlich um neun Uhr. Keiner kommt zu spät, so als wüssten alle Teilnehmer, dass, wenn man zu spät kommt, auch jede Chance im Leben zu spät kommt. Natascha begrüßt alle sehr herzlich. Sie ist zufrieden und genießt es, zu arbeiten.
«Warum sind Sie heute hier? Soll ich Ihnen einen Weg zeigen, einen Weg zu einem besseren glücklicheren Leben? Möchten Sie von mir Methoden erlernen, bei denen es darum geht, dass sie alles erreichen können, was sie sich vorstellen?»
Die Seminarteilnehmer nickten.
«Glauben Sie, dass man alles erreichen kann, was man will?»

Einige nicken und andere schweigen.
«Mhhh», sagt Natascha und schweigt.
«Ist das so?» Natascha senkt leicht den Kopf zur rechten Seite, hebt einen ihrer Augenbrauen und schaut durch die Runde, wieder lässt sie eine kurze Pause zu. Die Teilnehmer wissen nicht, worauf sie hinaus will.
Plötzlich erhebt Natascha die Stimme: «Das ist einfach gelogen, sie können nicht alles sein, was sie sein wollen. Wie bitte soll das gehen? Ich weiß, dass meine Kollegen das gerne sagen, aber es ist gelogen und ich sage Ihnen, lügen Sie nicht! Belügen Sie niemanden und am allerwenigsten sich selbst! Ich kann mich nicht vor Sie stellen und Ihnen sagen: Sie können alles erreichen, was Sie wollen. Ich will Ihnen das an einem Beispiel demonstrieren: Ein Mann kann keine Kinder bekommen, ganz egal, wie sehr er sich das wünscht! Wie sehr er auch sein Unterbewusstsein programmiert. Er kann Vater werden und hier ist mancher Daddy schon leicht überfordert.»
Gelächter aus den Reihen der Teilnehmer lockert die Atmosphäre sehr.
«Aber er kann keine Kinder gebären, das ist ein Fakt. Eine Frau kann keine Meerjungfrau werden, ganz egal, wie sehr sie es möchte, ich könnte Ihnen tausend dieser Beispiele nennen, aber die Botschaft ist immer dieselbe. Sie müssen lernen, zu bemerken, welche Aufgaben Sie in diesem Leben zu er-

füllen haben. Warum sind Sie hier, wofür sind Sie berufen?»

Das Seminar endet am Mittag, denn es ist ein spezielles für Frauen. Frauen, die etwas verändern wollen, selbstbewusster werden möchten und sich endlich mehr zutrauen sollen.
Natascha fährt nach Hause, sie ist noch müde vom Flug am Vorabend und nimmt sich vor, sich einem kurzen Mittagsschlaf auf den Balkon zu leisten. Sie hört über ihren MP3 Player Meditationsmusik und schläft ein.
Erholt erwacht sie nach 20 Minuten und kocht sich einen Latte Macchiato. *Wie entspannend doch manchmal so kleine Auszeiten sein können.* Sie nimmt ihren Laptop und setzt sich auf den Balkon um weiter zu schreiben.

Ihr Selbstbewusstsein sollte ordentlich von Frau Schwab aufgebügelt werden. Endlich stand der vierte Termin an. Genervt von den ganzen Absagen bei der Wohnungssuche redete Natascha nur so los. Und Frau Schwab hörte ihr zu.
«Suchen Sie sich erst einen Job und dann sind sie positiver. Nach dem zweiten Anruf hatten sie sicher schon leichte Aggressionen in Ihrer Stimme, oder?»
Natascha nickte und ergänzte, «Ja sicher, wie schafft man es denn da ruhig zu sein?»
«Das kann ich Ihnen nicht sagen, jeder findet seinen

eigenen Weg, Atmen sie mehrmals tief durch.»
«Ja ja», murrte Natascha, «die Zähne zum Lächeln rauszuhängen ist die schönste Art, jemanden die Zähne zu zeigen. Das weiß ich», fuhr Natascha fort, «aber wie schaffe ich das, wenn mein Temperament mit mir durch geht und ich Mordgelüste bekomme?»
Frau Schwab lachte. «Gehen Sie denn noch zum Sport?»
«Ja, schon so ab und zu.»
«Das reicht nicht, finden Sie etwas, das Sie regelmäßig machen und verpflichten Sie sich dazu. Denn nur dann, wenn Sie zufrieden sind, sind es auch alle in ihrem Umfeld.»
«Mein Kopf spielt aber nicht immer mit. Wir hatten den Termin beim Jugendamt, so Sachen beschäftigen mich dann sehr.»
«Davon habe ich bereits gehört, wie war es denn?», fragte Fr. Schwab.
«Eigentlich okay.»
«Das ist doch keine Antwort. Sagen Sie entweder, es lief gut, oder nicht, aber eigentlich okay hört sich schwer nach aber an.»
«Er darf Tom sehen. Vermutlich nächste Woche das erste Mal. Passen tut mir das nicht, aber ich kann nichts daran ändern. Er ist ein unheimlich guter Schauspieler und ich brauche Geduld. Er wird es nicht schaffen, seine Lügen ewig aufrecht zu erhalten. Ich werde schauen, wie es Tom mit ihm geht

und vielleicht wachsen wir mit unseren neuen Aufgaben. Ich hoffe nur, dass er in der Kommunikation mit mir etwas lernt, dieser dumme Mensch.» Natascha kann die Verachtung, die sie für Steve empfindet, nicht verbergen.
«Wie ich sehe, haben Sie den Bogen durch gearbeitet, sehr gut. Viele, die zu mir kommen, arbeiten nicht direkt so gut mit mir zusammen. Ich habe in Ihren Unterlagen gelesen, dass sie bald Geburtstag haben. Kann ich Ihnen irgendetwas Gutes tun zu Ihrem Ehrentag?»
Natascha schaute aus dem Fenster und dachte kurz nach. «Ich bin froh, dass Tom wieder gesund ist. Mehr wünsche ich mir nicht. Zumindest nichts, was Sie mir erfüllen können.» Natascha dachte nach. «Aber, wo wir gerade davon sprechen. Ich habe ein großes Verlangen, meinen leiblichen Vater kennen zu lernen. Irgendwann werde ich mich auf die Suche nach ihm machen. Es muss doch jemanden geben, der mir nah ist.» Natascha fühlte eine große Sehnsucht und tiefe Traurigkeit.
«Das bewegt Sie, nicht wahr?»
Natascha konnte nicht antworten. Blicklos schaute sie weiter aus dem Fenster.
«Ich glaube an Großes bei Ihnen, Frau Milauf und wünsche mir, dass Sie sich finden.»
Frau Schwab fragte nach ein paar Details von Nataschas Vater.
«Er ist ausgezogen, als ich noch sehr klein war, und

ich habe keinerlei Erinnerung an ihn. Erst ganz spät hat mir meine Mutter gesagt, dass der Mann, den ich für meinen Vater hielt, nicht mein leiblicher Vater war.»

«Das war sicher ein großer Schock für Sie!»

«Ja und doch auch wieder nicht. Es fühlte sich auch nicht so an, mein «Vater», immer dachte ich, dass dieser Mann nicht da sein sollte. Immer wieder überfiel mich eine große Sehnsucht. Aber ich wusste nicht, wonach!»

Wieder sehr aufgewühlt verließ Natascha Frau Schwab und war wieder überrascht, wie rasch die Zeit vergangen war. Sie war durcheinander.

In ihrem Zimmer angekommen erblickte sie die Post auf ihrem Bett. Wieder ein Brief, diesmal von ihrem Anwalt. Natascha stopfte ihn ungeöffnet in die Schublade zu den Dutzend anderen Briefen, die dort schon unbeachtet lagen. Mahnungen und anderes, was sie nicht wissen wollte.

Natascha war extrem schlampig mit diesen Dingen. Sie wusste nicht, wie sie von ihren Schulden runter kommen sollte. Sie hatte nicht einmal einen Überblick, wie viel es war. Sie blendete es einfach aus.

Sie saß da in ihrem Raum mit vielen Türen, Erwartungen, Verpflichtungen und Aufgaben und wollte nichts dergleichen erfüllen. Sie hoffte, dass es irgendwer richtet.

Sie hoffte, dass Steve für das, was er angerichtet hatte, gerade stand. Sie war naiv.

Nach langen vier Wochen, vielen Besichtigungen und unzähligen Absagen hatte Natascha endlich einen weiteren Temin zu einer Wohnungsbesichtigung bekommen. Diese lag sicher im dritten Stock, damit Steve nicht spontan auf ihrem Balkon stehen konnte, um sie zu bedrohen und Spiderman war er zum Glück nicht, Einstweilige Verfügung hin oder her. Auch die hinterlegten Unterlagen beruhigten sie nicht wirklich. Eine Wohnung im dritten Stock versprach etwas mehr Sicherheit. Natascha schaffte es, die Vermieter zu überzeugen, ihr die Wohnung zu vermieten, trotz einer miserablen Schufa.
Natascha war happy und gestaltete auf der Rückfahrt bereits alle Zimmer. Sie rief Monika an, um ihr die Neuigkeiten zu erzählen. Monika freute sich, doch da sie im Moment beruflich sehr viel zu tun hatte, konnte sie ihr nicht helfen.
«Aber, ich schicke dir Fred vorbei, er wird dir Tom's Sachen bringen, die bei uns stehen.»
Natascha war enttäuscht, denn sie hatte erwartet, dass Monika ihr helfen würde. Doch das war ihre Erwartung.

In den darauf folgenden Tagen versuchte Natascha krampfhaft einen Job zu finden. Doch ohne Erfolg. Es hagelte immer wieder Absagen. Zu jung, keine Ausbildung, kleines Kind oder was sie sich sonst noch anhören musste. Dabei wollte sie doch etwas ändern, sie erinnerte sich an die Zeit vor Steve, da hatte sie Einiges besser im Griff.

Es war eine gute Zeit, zumindest phasenweise. Es lief auch schlecht an vielen Tagen, aber sie ist immer durchgekommen. Doch nun hatte sie Tom. Sie suchte die Erfüllung durch einen Mann, doch auch dies ging schief. Sie traf sich mit Max, sie hatten einen tollen Abend. Doch auch danach ging es ihr nicht besser, sie fühlte sich stattdessen benutzt. Er wollte ein weiteres Treffen, doch Natascha blockte ab, es war nicht das, was sie suchte, doch was suchte sie?

Einige Tage später bekam sie eine Absage vom Sozialamt. Sie hatte einen Antrag eingereicht, um die Wohnung einzurichten. Das Amt unterstützte sie nicht, weil sie bereits vor ein paar Jahren eine Wohnungseinrichtung finanzierten. Leider wollte Steve damals nichts in der gemeinsamen Wohnung haben. Und Natascha gab alles weg oder verkaufte es.
«Tom, komm, ich habe die Schnauze voll, lass uns schwimmen gehen. Im Moment ist alles echt zum Kotzen, vielleicht tut uns das Schwimmen gut.»
Natascha war extrem verzweifelt, sie hatte keinen Job, bald eine eigene Wohnung und keine Möbel, und sie fand keinen Kindergarten für Tom. Viele betreuten Kinder erst ab drei Jahren und für eine Tagesmutter fehlte ihr das Geld.
Das Sozialamt hatte Natascha bereits mitgeteilt, dass sie nur einen Teil der Mietkosten übernehmen werden und den Rest müsste sie selbst zahlen, denn die Wohnung wäre zu teuer.

Doch eine günstigere fand sie nicht, dies war die Einzige, die sie haben konnte.
Demotiviert machte sie sich auf ins Schwimmbad. Dort angekommen, legte sie sich angezogen auf die Liege, selbst zum Ausziehen fehlte ihr die Motivation.
«Warum läuft das heute nicht so gut, habe ich einen Fehler gemacht mit der Trennung von Steve? Ich habe nichts mehr!»
Was ist das Rezept für den Erfolg?, dachte sie. *Habe ich als Mama nicht mehr die Chance dafür*?
Eine ältere Frau, die einen Rollstuhl schob, kam in ihr Blickfeld. *Sie muss bestimmt ihren Mann im Rollstuhl schieben. Arme Frau.* Aber wie sehr wunderte sich Natascha, als die Frau den Rollstuhl so drehte, dass sie sehen konnte, wer in ihm saß, und ihn neben die Liege platzierte. Im Rollstuhl saß eine Frau von Mitte vierzig. Auf deren Schoß saß ein kleines Mädchen, im Alter von zwei Jahren. Ein älterer Mann kam zu den Dreien, vermutlich der Mann der älteren Dame, die den Rollstuhl geschoben hatte, und half der Frau auf die Liege, nachdem die kleine Maus von ihrem Schoß gekrabbelt war. Die Kleine lief währenddessen in Richtung Pool. Der Mann rief das Mädchen zurück: «Komm zurück, leg dich noch einen Moment zur Mama auf die Liege.»
Tom bekam von alle dem nichts mit, er schlief seelenruhig.
Natascha hatte Tränen in den Augen, nachdem sie

verstand, dass es sich hier um eine Familie handelte. Sie sah, wie aufopfernd sich Oma und Opa um Enkelkind und ihre Tochter kümmerten. Der Opa schulterte das Enkelkind und ging mit ihm ins Wasser. Die Mutter zog ihre Tochter im Liegestuhl aus und cremte sie ein.

Natascha musste weinen. Das war wirklich der Hammer. Natascha dachte, ihre Welt würde untergehen. Keinen Freund, Schulden ohne Ende, einen Ex, der ein Psycho war und keinen Job.

Eine Privatinsolvenz, die sie vermutlich hinter sich bringen musste, denn wie ihr Anwalt ihr riet, würde sie sonst nicht von ihren Schulden wegkommen.

Dieses unkontrolliert schlampige Verhalten kotzte sie an, doch es war nichts gegen das, was diese Familie für ein Leid trug. Sie waren eine Einheit.

Unglaublich, dachte Natascha und konnte den Blick nicht von der Familie abwenden, wie ferngesteuert erhob sich Natascha, ging zu der Familie und sagte: «Entschuldigen Sie, ich wollte Ihnen sagen, wie toll ich das finde, was Sie hier leisten, ich hege großen Respekt vor Ihnen.»

Die Frau auf dem Liegestuhl blickte hoch zu Natascha, lächelte und erwiderte: «Das tue ich sehr gerne, das ist die Aufgabe in meinem Leben.» Natascha war überrascht von so viel positiver Energie in deren Augen.

«Setzen Sie sich», die Frau zeigte mit der Hand auf die Liege. Natascha machte es sich bequem.

Die Frau erzählte von ihrem Leben, der unbeschreiblichen Geburt ihres Enkelkindes ihrer spastisch erkrankten Tochter vor fast zwei Jahren. Ihr großes Glück mit der Enkelin. Natascha musste schlucken. Sollte dieser Tag ihr Leben ändern?
Natascha klagte beschämt von ihrem Leid, die Frau streichelte Nataschas Arm und sagte: «Das schaffen Sie, finden Sie Ihren Weg in Ihrem Leben. Wenn Sie wissen, warum Sie auf dieser Erde sind, werden sie auch glücklich sein. Sie werden erreichen, was sie unter Reichtum verstehen.»

Ich bin nicht entmutigt,
denn jeder Fehlschlag ist ein weiterer Schritt vorwärts.
Thomas Edison

Natascha ging zu Tom und dachte nach. Selbst alles Geld der der Welt konnte dieser Familie nicht helfen. Sie waren glücklich für jeden Moment, jede Zeit, die sie miteinander verbrachten. Strebte Natascha nach dem Falschen? Sie wollte einen tollen Mann haben und Millionär sein. Für Tom die tollste Ausbildung und ein Model als Frau. Die natürlich nicht hübscher als Natascha wäre und vor allem auch nicht besser kochen könnte.

Der Umzug in die eigene Wohnung lief reibungslos. Natascha bekam vom Frauenhaus, dem Sozialdienst Katholischer Frauen und ihren Mitbewohnerinnen Hilfe beim Auspacken.
Einen Job hatte sie noch nicht. Aber sie entschloss sich, die Zeit, bis sie einen fand, sparsam zu leben und diese zu nutzen Bücher zu lesen und vielleicht die Lösung zu finden.
Steve hatte einmal die Woche Tom für sich, es klappte auch recht gut mit der Unterstützung vom Jugendamt. Unterhalt zahlte er nicht, angeblich hätte er nicht genügend Geld, aber Natascha wusste, dass er log. Als sie ihn einmal persönlich ansprach, sagte er zu Natascha: «Ich bin doch nicht für deinen Lebensunterhalt zuständig!»
Natascha musste alleine für Tom sorgen. Denn sorgen heißt nicht nur, zu Besuch zu kommen und ein kleines Auto mitzubringen.
Natascha ging mit ihm zum Kinderschwimmen, suchte immer noch einen Kindergartenplatz und saß an seinem Bett, wenn er krank war.

Sie war einsam und stürzte sich in die Arme der Männer. Doch auch hier konnte sie ihr Glück nicht finden. Es kam, wie es kommen musste, sie eroberte, benutzte und warf sie danach wieder weg. Sie brach deren Herzen und zudem wuchsen ihre Schulden Natascha über den Kopf. Sie musste zu ihrem Anwalt und beide machten alles fertig für die Insolvenz.

Natascha hatte jedoch keine Ahnung, wie hoch der Schuldenberg war. Und bei wem sie Schulden hatte. Der Anwalt erklärte ihr, dass sie schon cirka wissen müsse, wie hoch ihre Verschuldung ist.
Natascha senkte den Blick: «Wenn ich Geld hätte, würde ich das in Ordnung bringen, aber ich habe doch nichts.»
Natascha hatte wirklich nichts, keinen Mann, der für sie aufkam, keinen Porsche in der Garage und auch immer noch keine Arbeit.
«Ich würde doch alles bezahlen, wenn ich könnte. Es ist echt scheiße, Angst zu haben, Briefe zu öffnen. Angst an die Tür zu gehen, ich will das nicht, doch was kann ich tun?» Nataschas Stimme war immer leiser geworden.
«Da nützen Ihre Tränen wenig, packen Sie's an, beginnen Sie sofort, warten hat keinen Sinn und es wird schlimmer, wenn man die Dinge nicht anpackt. Bringen Sie mir die Briefe aus Ihrer Schublade!»

Am nächsten Tag brachte Natascha eine riesengroße Kiste mit ungeöffneten Briefen in die Kanzlei.
«Ich dachte, Sie machen einen Scherz, als Sie mir erklärten, dass Sie alles in eine Schublade stopfen!», er schüttelte den Kopf.
«Na, dann geben Sie mal her, ich bringe sie zum Sortieren zu meiner Sekretärin.»
Als er die Kiste nach draußen zu den Damen brachte, hörte sie Tessa sagen: «Ach du liebe Güte, wie schlampig ist Natascha?»

Verletzt sprang Natascha auf und verließ die Kanzlei.
Ausgerechnet sie redete so? Das konnte Natascha nicht fassen, sie wusste doch, wie schwer sie es hatte.

Verletzen kann dich niemand, wenn du nicht insgeheim davon überzeugt bist, dass der andere Recht haben könnte. Niemand verletzt dich, wenn er etwas sagt, was nicht der Wahrheit, der Wahrheit über dich selbst,entspricht. Wenn also jemand sagt, dass du schlampig bist, und es dich verletzt, dann denkst du, er hat Recht und so etwas muss er doch nicht sagen. Verletzt es dich, wenn ich zu dir sage:
Du bist ein lila Eichhörnchen!?
Na, also! Du bist kein lila Eichhörnchen.

Es gab so viele Tage, wo sie mit Tom nur Nudeln mit Ketchup aß, weil sie kein Geld für Fleisch und Gemüse hatte. Sie aß, was sie zu Hause noch fand. Ab und zu gab es dann in der Not auch Kartoffelbrei mit Spiegelei. Tom fand das alles in Ordnung, er genoss einfach die Zeit, die er mit seiner Mama hatte. Doch Natascha war nicht anwesend, zumindest nicht geistig. Sie war unter Stress, ohne Arbeit, hohe Schulden und das Gefühl zu versagen. Sie sah nicht, dass sie bereits eine Aufgabe hatte und wie nützlich sie für Tom war. Sie dachte oft an Steve und was

er immer gesagt hatte: Du kannst nichts und bist ohne mich nichts. War das zu sehr in ihrem Unterbewusstsein?
Sie lebte in der Vergangenheit. Nicht in der Gegenwart und plante auch nicht ihre Zukunft. Sie lebte unglücklich und das strahlte sie auch aus. Die Vergangenheit hatte die Macht über ihr Leben.
Sie las in einem Buch: *Lerne aus der Vergangenheit, lebe die Gegenwart und plane die Zukunft.* Doch sie verstand es nicht.

«Guten Tag, Frau Milauf, hier spricht Frau Schwab. Ich hatte Sie doch damals gefragt, welchen Wunsch sie hätten?!»
«Ja das stimmt.»
«Ich habe Ihren Vater gefunden.»
«BITTE? Was sagen sie da?? Sie haben meinen leiblichen Vater gefunden? Sie verarschen mich doch jetzt?»
«Nein, das ist mein Ernst. Mit sowas macht man keine Scherze. Ich habe Ihren Vater gefunden und wenn Sie es mir erlauben, würde ich ihn gerne darüber informieren, dass Sie nach ihm suchen und ob er Sie auch kennenlernen, möchte.»
«Natürlich, ja, das ist so toll. Ich freue mich schon.»
Frau Schwab legte sich ins Zeug und vereinbarte einen Termin zwischen Vater und Tochter. Ihr Vater war sehr erfreut, dass sie ihn suchte und hatte einem Treffen zugestimmt.

Der Tag rückte immer näher und Natascha war sehr aufgeregt. Was sollte sie ihn fragen? Soll sie ihn umarmen oder lieber die Hand schütteln?
Natascha bekam plötzlich höllische Unterleibsschmerzen. Sie hielt es nicht mehr aus und machte sich mit Tom auf den Weg zum Arzt. Der stellte eine Entzündung des Eierstocks fest und überwies Natascha sofort ins Krankenhaus. Melanie stimmte sofort zu, Tom für ein paar Tag zu übernehmen.
Der Termin mit Nataschas Vater fiel genau in die Zeit des Krankenhausaufenthaltes und Natascha teilte Frau Schwab mit, dass sie nicht zu dem Termin erscheinen könne und sie ihm bitte absagen solle.
Nataschas Vater erkundigte sich in den Krankenhäusern vor Ort, wo Natascha stationär lag. Von Frau Schwab wusste er, wo seine Tochter heute lebte.
Natascha lag im Bett, ihr ging es nach der Operation schon etwas besser. Die Tür des Dreibettzimmers öffnete sich und ein Mann trat herein. Er trug Jeans, ein weißes T-Shirt und eine Lederjacke, in seiner Hand hielt er einen Strauß Blumen.
Natascha blickte ihn an, sein dunkles Haar glänzte mit seinen Augen um die Wette. Natascha wusste, dass sie ihn kannte, sie wusste, das war ihr Vater, ohne ein Wort.
«Kind, darf ich dich umarmen?», fragte er als er neben Natascha‘s Bett stand. Natascha antwortete nicht, denn sie konnte nichts sagen und öffnete

einfach ihre Arme. Beide hielten sich Minuten lang ohne ein Wort zu sagen.

Dieser Moment war einzigartig und erstmalig seit langem lebte Natascha wieder in der Gegenwart. Endlich war da jemand, den sie so noch nicht kannte, dennoch liebte.
«Lass uns einen Kaffee trinken, oder kannst du nicht aufstehen?»
«Doch, doch», erwiderte Natascha, «das klappt schon!», und stand auf. Hand in Hand gingen beide in die trist ausschauende Cafeteria des Krankenhauses. Natascha blickte sich um und stellte fest, dass diese dringend einen neuen Anstrich bräuchte. Alles sah nach Krankenhaus aus. Kahl und lieblos.
Wie ergeht es Menschen, die häufiger hier sind? Am Nebentisch saß eine Familie mit einem vermutlich an Krebs erkrankten Mädchen und Natascha wurde traurig.
Ihr Vater streichelte über ihr Gesicht.
«Hast du Schmerzen?», fragte er. Natascha schaute ihn an und erwiderte: «Nein, ich nicht.»
Sie unterhielten sich über alte Zeiten. Wo ihr Vater lebte und mit wem. Er wollte auch alles von Natascha wissen und als er von ihrem Leid mit Steve hörte wurde er zornig.
«Wieso konnte ich dir da nicht helfen?», sagte er, «ich hätte ihm den Hals umgedreht.» Er schüttelte den Kopf. «Wer möchte, dass seine Tochter so be-

handelt wird?» Sie sahen sich in die Augen. «Es ist schon gut, ich bin ja nun auf einem guten Weg. Bis auf kleinere Bedrohungen und Beleidigungen lässt er mich weitestgehend in Ruhe.»

«Gibt's einen neuen Mann in deinem Leben?», fragte er mit einem Lächeln im Gesicht.

Natascha schüttelte den Kopf: «Hier und da habe ich mal einen, aber irgendwie alles nix Halbes und nix Ganzes. Die Männer, die mich wollen, wollen mich besitzen und lassen nicht zu, dass ich lebe und das kann und will ich nicht, nach allem, was ich durchgemacht habe. Ich habe gelernt auf mich acht zu geben, gehe meinen Hobbys nach und verbringe gerne Zeit mit meinem Sonnenschein. Und immer, wenn Männer mitbekommen, dass ich ein Leben habe und auch Zeit für mich haben möchte, wird es ausgelegt als Egoismus.»

Nataschas Vater lächelte: «Da bist du mir wohl ähnlich, meine Frau meckert auch immer.»

Beide lachten, denn sie wussten, wie wichtig es war, ein eigenes Leben zu haben.

Natascha hatte inzwischen gelernt, wenn sie nicht glücklich ist, geht es auch niemandem in ihrem Umfeld gut. Und Frau Schwab hat sie ja quasi dazu gebracht, Sport zu treiben und auf sich aufzupassen.

Wie recht die Frau hatte, schmunzelte Natascha und schickte ein *danke* in ihren Gedanken zu ihr. Sie war dankbar, dass sie diese Chance bekommen hatte.

Vater und Tochter unterhielten sich noch angeregt

über Tom und Nataschas Schwester. Die Stunden vergingen und beide machten sich auf den Weg zur Station.
«Ich möchte, dass wir Kontakt halten.»
Natascha blieb stehen, umarmte ihren Vater und sagte «Ja. Sehr gerne und auf jeden Fall.»
«Danke, dass du mich gesucht hast, ich hatte nicht den Mut.»

An Schlaf war in dieser Nacht nicht zu denken, zu sehr hatte sie das Treffen mit ihrem Vater aufgewühlt.
Sie dachte über all die Worte nach. Sie grinste und dankte Gott für dieses Erlebnis.
Natascha wurde von ihrem Handy geweckt, es brummte unter ihrem Kopfkissen. Sie hatte eine SMS einer unbekannten Nummer und begann zu lesen: *Hallo Kind, ich hoffe, du hast schlafen können, ich konnte es leider nicht, ich bin so froh, dass es dich jetzt in meinem Leben gibt. Weiterhin gute Besserung.* Natascha drückte zufrieden ihr Handy an ihre Brust und wusste, es war kein Traum.
Nach nur drei weiteren Tagen wurde Natascha aus dem Krankenhaus entlassen. Im Bus auf dem Weg nach Hause rief Natascha Frau Schwab an.
«Hallo, Frau Schwab, Natascha ist hier.»
«Hallo Natascha, wie geht es Ihnen? Hat Ihr Vater Sie erreicht? Ich gab ihm Ihre Handynummer. Ich hoffe, das war in Ordnung.»

«Ja natürlich, Frau Schwab, ich danke Ihnen sehr! Wir haben uns getroffen und es war schön. Obwohl ich noch sehr klein war, als sich meine Eltern trennten, wusste ich sofort, wer er war.»
«Wie alt waren Sie, Natascha, und darf ich fragen warum Ihre Eltern sich trennten?»
«Ich glaube, ich war drei Jahre alt und getrennt hatten sich meine Eltern, weil mein Vater fremd ging. Da ließ sich meine Mutter scheiden.»
«Okay, das kann ich verstehen, dies steht aber nicht zwischen Ihnen?»
«Mhh», Natascha dachte nach, «vielleicht ein bisschen, aber eher nicht. Es ist lange her und er hat mir nicht direkt geschadet oder mich verletzt. Ich denke, das ist was zwischen meinen Eltern. Ich möchte ihn nun näher kennenlernen und ich bin Ihnen unendlich dankbar!»
An der nächsten Haltestelle stieg Natascha aus. Sie freute sich, endlich ihren Tom in die Arme zu nehmen.
Sie vermisste Tom so sehr. Melanie konnte sie leider nicht im Krankenhaus abholen, denn sie hatte zu große Angst, dass ihr Ex sie finden könnte.
Was für eine Freude! An der Haltestelle warteten Melanie und Tom auf Natascha. Tom lief in ihre Arme und drückte seine Mama ganz fest. Natascha genoss die Umarmung.
«Tom, bald wirst du deinen Opa kennenlernen.», und wirbelte Tom durch die Luft.

«Wie, sein Opa?», fragte Melanie, die sehr wohl wusste, dass das Treffen geplant war, aber nicht dass es stattgefunden hatte.
Überschwänglich erzählte Natascha von ihrem Erlebnis und holte dabei kaum Luft.
Melanie genoss die Erzählungen und die Freude in den Augen ihrer Freundin. Sie zog Natascha an sich und drückte sie. „Genieße es! Rate ich dir! Und nutze jede Chance, die du nun bekommst."

Natascha hört auf zu schreiben, wischt sich die Tränen aus den Augen und lehnt sich zurück. Sie erinnert sich sehr intensiv an damals. Ihr Vater kam zu Besuch, um Klein-Tom zu sehen.
Er freute sich sehr Natascha und Tom zu sehe. Wie auch immer Natascha die Gefühle beschreiben sollte, sie hatte das Gefühl nicht alleine zu sein, und dieses Gefühl hatte sie schon lange nicht mehr gehabt.
Natascha geht in die Küche, um sich einen Tee zu kochen. Sie lächelt, zu schön sind die Erinnerungen. *Jetzt wird es aber langsam Zeit, dass mein Buch fertig wird.* Natascha ist ungeduldig, zu lange braucht das Schreiben, immer wieder unterbrochen von sentimentalen Gedanken und Tagen, an denen sie kein Wort zu Papier bringt. Meist dann, wenn sich schmerzliche Erinnerungen in die Gegenwart drängen. Erinnerungen, die sie längst vergessen glaubte.

Die ersten Schritte

Natascha blättert durch die Todesanzeigen. Die meisten Bilder der Verstorbenen sind kurz vor ihrem Tod entstanden. Sie sehen alle ziemlich ernst aus. Jedoch das Bild einer alten Dame sticht aus der grauen Masse heraus. Sie strahlt über das ganze Gesicht. Sie verstarb mit 83 Jahren und sah glücklich aus, zufrieden, so als hätte sie ihr Leben genossen.
Natascha versucht sich vorzustellen, wie ihr Leben verlaufen sein könnte. Hatte es sich gelohnt, hatte sie getan, was sie gerne tat? Oder war sie in einer Rolle gefangen gewesen?
Natascha schüttelt den Kopf, diese Frau hatte ein erfülltes Leben gelebt. Ein Bild sagt mehr als tausend Worte.
Wichtig ist, dass wir das Leben sinnvoll nutzen, dass wir den Bindestrich, also zwischen Geburt und Tod füllen. *Selbstverständlich hatte die Frau natürlich auch lange gelebt, nicht so wie mein Vater. Wäre es nicht gerade deshalb sinnvoll gewesen jeden Tag bewusster zu leben?*
Er fehlt mir so sehr, Natascha schnäuzt ihre Nase.
Was würde ich dafür tun, wenn ich noch einmal einen Tag mit ihm hätte ...
Sie erinnert sich an den Rettungshubschrauber, an die Sirenen, daran, als der Arzt ihr mitteilte, dass ihr Vater an einem Herzinfakt gestorben ist.

Natascha öffnet Facebook und durchstöbert, noch ein wenig traurig, die Profile ihrer Freunde und findet, wonach sie sucht:
Stell dir vor, du hast bei einem Wettbewerb folgenden Preis gewonnen. Jeden morgen stellt die Bank dir 86.400 Euro zu Verfügung. Doch dieses Spiel hat gewisse Regeln.
Die erste lautet: Alles, was du im Laufe des Tages nicht ausgegeben hast, wird dir wieder weggenommen, du kannst das Geld nicht einfach auf ein anderes Konto überweisen, du kannst das Geld nur ausgeben.
Aber jeden Morgen stellt dir die Bank erneut 86.400 Euro für den kommenden Tag zu Verfügung. Die zweite Regel: die Bank kann das Spiel ohne Vorwarnung beenden, zu jeder Zeit kann sie sagen: Es ist vorbei, das Spiel ist aus. Sie kann das Konto schließen und du bekommst kein neues.
Was würdest du tun?
Würdest du dir alles kaufen, was du dir auch kaufen möchtest? Nicht nur für dich, sondern auch für andere, die du liebst? In jedem Fall aber würdest du versuchen jeden Pfennig so auszugeben, das du ihn bestmöglich nutzt, oder?
Weißt du, dieses Spiel ist die Realität. Jeder von uns hat so eine Bank. Wir sehen sie nur nicht, denn diese Bank ist die Zeit.

Natascha hebt Ihren Blick vom Bildschirm auf und lässt ihn in die Ferne schweifen. Wenige Minuten

später liest sie weiter:
Jeden Morgen, wenn wir aufwachen, bekommen wir 86.400 Sekunden für einen Tag geschenkt, und wenn wir am Abend einschlafen, wird uns die übrige Zeit nicht gut geschrieben. Was wir an diesem Tag nicht gelebt haben, ist verloren. Gestern ist vergangen.
Jeden Morgen beginnt sich das Konto neu zu füllen, aber die Bank kann das Konto jederzeit auflösen, ohne Vorwarnung.
Also lebe dein Leben. Denn du hast nur eins!
Natascha lächelt, als sie daran denkt, wie sie ihren ersten Schritt in die richtige Richtung getan hatte.

Natascha atmete tief ein. Und wieder aus. Ich habe die Schnauze voll, es muss sich was verändern.
Natascha sprang auf, öffnete die Schublade mit der wieder neu gefüllten Post und legte los. Sie öffnete alle Briefe und heftete sie in die Ordner, die sie bereits vor Monaten gekauft hatte. Sie startete den neuen Weg, und nun machte sie die ersten Schritte.

Jeder Weg beginnt mit dem ersten Schritt.

Natascha rief ihren alten Chef an.
«Frau Milauf, wie geht es Ihnen?»
«Danke, es geht mir gut und ich möchte wieder arbeiten. Wenn Sie mir sagen, dass Sie nun wieder Personal suchen und ich wieder kommen darf, geht

es mir sogar sehr gut», scherzte Natascha.
«Frau Milauf, grundsätzlich gerne, jedoch haben Sie nicht sonderlich mit Zuverlässigkeit und Pünktlichkeit geglänzt. Ich weiß, dass sie gut verkaufen konnten, aber dafür müssten Sie da sein!»
Natascha musste schlucken. Hatte er ihr tatsächlich abgesagt?
«Ich weiß, Sie haben viel durchgemacht, und flexibel wären Sie ja wieder nicht, Sie haben jetzt einen kleinen Jungen zu Hause.»
«Ich verstehe, Chef», antwortete Natascha und verabschiedete sich.

Doch sie wollte nicht aufgeben.
Ich werde es euch beweisen, ich brauche euch nicht. Ich schaffe das und gehe meinen Weg, auch wenn es ein neuer Weg ist, ich gehe ihn.
Sie öffnete die Tageszeitung und forstete die Stellenanzeigen durch. Enttäuscht musste sie feststellen, dass sie außer für Putzstellen nicht qualifiziert war. *Nun dann gehe ich halt Putzen, egal.* Noch nicht einmal zwei Tage später hatte sie ihren ersten Arbeitstag.
Das Haus war echt schmutzig, sie hatte Einiges zu tun. Die Leute waren super nett. Und ehe sich Natascha versah, wurde sie auch schon weiter empfohlen.
Die nächsten Wochen verbrachte sie mit Putzen.
Wenn sie nicht gerade ihrer Arbeit nachging, verbrachte sie schöne Momente mit Tom, sie genoss

jede Minute und versuchte, so gut es ging die Geldnöte zu verdrängen. Natascha schaffte es nicht immer, denn alles war ziemlich teuer.
Oft war sie sehr traurig, dass sie dem Kleinen nicht so viel bieten konnte.
Sie vergaß immer noch ab und zu, dass es nicht um die finanziellen Dinge ging. Tom war froh für jedes Spiel, jede Minute mit seiner Mama.
Oft musste Natascha an ihren Vater denken, sie vermisste ihn und bereute jede Absage und jedes Telefonat, das viel zu kurz war, weil soooo viele Sachen wichtiger waren. Beim Gedanken an ihn kullerten die Tränen über ihr Gesicht.
«Paps, was soll ich tun? Ich will doch nicht immer putzen gehen? Ich brauche was Neues, doch was soll ich machen. Bitte gib mir ein Zeichen.»

Vom Spielplatz zurück leerte Natascha den Briefkasten und fand neben Rechnungen einen Brief vom Jugendamt, einen Brief, der als Postwurfsendung an jedes Haus ging.
«Tom, geh bitte in dein Zimmer spielen. Die Mama geht noch schnell aufs Klo und dann mache ich das Abendessen.»
Natascha hockte sich auf die Brille und öffnete die Post. Das Jugendamt teilte ihr mit, dass die Umgangsbesuche gut laufen und Herr Miller sehr gut mit Tom auskam.
Ja ja, der Schauspieler, schüttelte Natascha den Kopf

und legte den Brief zur Seite. Dann eine Rechnung über 126 DM von der Waschmaschinenreparatur. Die Dinge geben immer dann ihren Geist auf, wenn man es nicht gebrauchen kann. Und dann kommt alles auf einmal.
Natascha öffnete den dritten Brief. Fernschule, bilden Sie sich weiter.
«Ja, das ist doch was.», staunte Natascha.
«Lernen Sie neben der Arbeit oder wo auch immer Sie möchten. Wer rastet, der rostet ... Wie recht die haben. Hör auf!», Natascha bremste sich, «die sind aber echt teuer, das kann ich mir nicht leisten.» Traurig legte Natascha den Brief bei Seite.

Da muss es doch günstiger geben, sodass es sich auch Mamis leisten können oder Menschen mit normalem Einkommen und nicht nur Geschäftsleute, die eh ihren beruflichen Erfolg ohne große Herausforderungen gehen können. Wie ist das mit Menschen, die was verändern wollen? Mit Menschen, die mehr Geld haben möchten, aber nicht wissen, wie sie es bekommen können? Wie kann ich Menschen helfen ihren Weg zu gehen, egal wie steinig er ist? Wie kann es gehen, dass sich jeder, der etwas verändern möchte, es sich auch leisten kann?
Natascha entschloss sich an diesem Tag etwas auf die Beine zu stellen, um Menschen zu helfen.
Sie sollten nicht erst einen geliebten Menschen verlieren, um in der Gegenwart zu leben, die Dinge heute und nicht morgen zu erledigen. Sie sollten sich Zeit nehmen für die

Menschen, die sie liebten! Sie sollten jede Sekunde ihres Tages sinnvoll nutzen, sie sollten leben!

Natascha putzte wie der Teufel, sie wollte ihrem Traum näher kommen. Sie las ein Buch nach dem anderen, um sich weiterzubilden. Das war die etwas günstigere Art. Sie las Bücher, in denen ihr immer wieder klar gemacht wurde, dass sie alles erreichen konnte und sein konnte, was sie nur wollte.
Das gibt's doch nicht. Wie bitte kann ich alles sein, was ich sein will? Das geht nicht! Als Kind träumte ich immer ein Vogel zu sein, doch wie sieht es in der Realität aus? Kann ich aufs Dach gehen, meine Arme ausbreiten und fliegen? Das ist doch lächerlich dachte Natascha. *Jeder sollte wissen, warum er auf Erden lebt, hier und jetzt. In der Gegenwart. Sie erinnerte sich an Mutter Theresa. Sie entschied sich bewusst für diesen Weg, sie tat etwas, was sie unbedingt tun wollte, sie war egoistisch genug, dies auch in die Tat umzusetzen, gegen alle Widerstände.*
Menschen wie sie waren Vorbilder. Sie genossen, was sie taten, sie taten, was sie wollten. Mutter Theresa wollte nie etwas anderes sein oder tun. Sie war glücklich.
In Nataschas Leben gab es oft Situationen, in denen sie nicht glücklich war.
Ich muss an mir arbeiten, das Glück der Gegenwart zu leben und zu genießen. Zu oft sah sie Tom nicht, obwohl er da war.
«Ups, Mist! Tom, das war das Stichwort. Ich muss

den Kurzen vom Kindergarten abholen.» Heute Mittag war Natascha mit ihm und einer anderen Mutti zum Spielen auf dem Spielplatz verabredet. Die Sonne schien und es war schön warm. Tom stand im Kindergarten in der Tür und war sichtlich sauer. Natascha küsste ihn und entschuldigte sich bei Tom. Sie musste lächeln, wie süß er doch war mit seinem kleinen Schmollmund.
«Was habe ich doch für ein Glück, danke!»
«Bei wem bedanken Sie sich dafür?», hörte sie die Kindergärtnerin fragen.
«Habe ich das jetzt laut gesagt?»
«Ja, das haben Sie», lächelte Susi, die Kindergärtnerin.
«Ich weiß nicht so recht, vielleicht beim lieben Gott? Wo auch immer, ich möchte dankbar sein. Dankbar für die Sonne, dankbar für die Vögel, dankbar fürs Essen und dankbar für meinen kleinen Schatz.»
Tom lächelte.
«Und Susi, soll ich Ihnen noch etwas sagen? Ich bin dankbar, dass ich das alles sehen, es fühlen und riechen kann. Ich kann so viel und dafür bin ich dankbar.»
Susi hörte Natascha zu und nickte. «Wie recht Sie haben! Zu selten denke ich daran. Immer jammere ich.»
Natascha lächelte: «Nicht nur Sie, ich auch, und ich habe mir heute gesagt, dass ich an mir arbeiten will. Ich möchte etwas ändern.»

«Das ist echt cool, Natascha. Ich wünsche Ihnen beiden einen schönen Nachmittag.»
«Danke, meine Liebe!» Natascha winkte, ergriff Tom, wirbelte ihn im Kreis und verließ gut gelaunt den Kindergarten.

Heute ging es Natascha gut, langsam dachte sie auch wieder an andere Dinge als an den Tod ihres Vaters.

***

Natascha freute sich sehr, wieder etwas Zeit mit ihrer Freundin Monika zu verbringen.
Nach dem Tod ihres Vaters und der tiefen Trauer musste sie vor die Türe. Sie wollte etwas erleben.
Monika erwartete Natascha schon mit zwei Gläsern Sekt in der Hand: «Da bist du ja endlich. Ich habe schon zwei Gläser ohne dich vorgeheizt!», lachte Monika.
«Du bist ja echt verrückt, einmal ist dein Mann auf Geschäftsreise und du drehst völlig auf!», lachte Natascha. Sie mochte Menschen, die so waren, eigentlich nicht. Das ganze Jahr Spießbürgerdasein und dann ein, zwei mal im Jahr aufdrehen. Und Monika war ihre Freundin. Die Frauen unterhielten sich, während sie sich schminkten und es war wie früher. Als Natascha noch kein Kind hatte und Monika nicht verheiratet war. Wurden sie beide alt? Viel

öfter sollten sie dem Alltag entfliehen. Früher waren sie jedes Wochenende auf der Rolle.
Was auch immer, es fühlte sich gut an.

Mal wieder Zeit für eine Pause. Natascha lehnt sich zurück und erinnert sich an den Abend, sie erlebte keinen dieser Art mehr mit Monika. Es war echt eine tolle Zeit.
Natascha dreht ihren Kopf zum Spiegel und zieht an ihrem Gesicht rum, die Wangen nach hinten und die Stirn nach oben. Sie muss lachen. *Jede einzelne Falte erinnert mich an mein spannendes Leben. Ich habe gelebt, ja, das habe und tue ich. Jede Falte habe ich mir hart verdient.*
Da fällt ihr ein Zitat ins Auge, das sie an die Wand neben den Spiegel geklebt hatte:

You are never too Old to set another goal or to dream a new dream.
C.S.Lewis
Du bist nie zu alt, um dir ein anderes Ziel zu setzen oder um einen neuen Traum zu träumen.

Natascha nippt an ihrem Traubensaft und rutscht wieder an den Schreibtisch. *Weiter geht's, das ist gerade so intensiv in meinen Gedanken, dass ich weiter schreiben muss. Ich möchte bald die ersten*

Lesungen machen und neue interessante Menschen kennenlernen.

Nach zweiundzwanzig Uhr machten sich die Mädels auf den Weg. Es ging noch schnell in die Cocktailbar, dort gab es eine Happy Hour, alle Cocktails gab es hier zur doppelten Menge für den gleichen Preis. Natascha musste sparen und Monika war sehr knickrig. Beide tranken und lachten ununterbrochen, Monika war schon arg angetrunken und flirtete mit den Männern am Nachbartisch. Es war wirklich sehr schön.
«Komm, lass uns zur Disko gehen, habe echt Bock zu tanzen», schlug Natascha vor und zog Monika zur Tür. Diese warf noch ein paar Handküsschen in Richtung der Männer, die am Nachbartisch saßen. Leicht schwankend gingen die beiden mit großem Gelächter über die Straßen.
«Weißt du was, Monika, ich habe echt mal wieder Bock auf einen Mann und zwar einen richtigen, einer der Eier in der Hose hat.»
Monika bekam einen Lachkrampf und verschluckte vor lauter Lachen ihren Kaugummi. «Nee, jetzt mal im Ernst.»
«Ach, komm», warf Monika ein. «Erzähl mir jetzt nicht, dass du keinen hast oder hattest!»
«Das sag ich ja nicht, aber keiner bringt es. Ein Casanova soll es sein, dominant, zärtlich und fordernd, Gentleman und sexy.»

«Ja, genau Natascha, dann back dir einen! Das findest du nicht!» Kopfschüttelnd feixte Monika und zog eine Grimasse.
«Dann werde ich wohl nie heiraten!», erwiderte Natascha und ehe sie Luft holen konnte, hörte sie jemanden sagen: «Das ist aber echt schade!»
Natascha drehte den Kopf und antwortete: «Aha, und du bist entweder der Profi oder der Wedding Planer.»
«Weder noch! Sorry, Süße, voll daneben. Ich bin weder Wedding Planer, wobei das sicher interessant wäre, noch habe ich eine Ahnung, wie eine Beziehung über länger als 24 Std funktioniert.»
Dieser Draufgänger gefiel Natascha und sie lächelte ihn an.
«Hast du auch einen Namen, Mister Bombastik?»
Er gab ihr keine Antwort, sondern fragte: «Willst du einen Witz hören? Morgens um 4:30 in der Disco. Er zu Ihr: «Kommst du noch auf einen Zaubertrick mit zu mir?» Sie:» Was für ein Zaubertrick?» Er: «Ich Bums dich und dann verschwindest du ...!»
Gelächter machte sich in der Gasse breit.
«Du bist ein Spinner, wo geht ihr hin?», wollte Natascha wissen.
«Ja, wohin gehen wir eigentlich?», und drehte sich um, zu dem Typen, der hinter ihm stand. Den hatten Natascha und Monika erst durchs Lachen über den Witz bemerkt.
«Ich bin übrigens Achim und dein werter Name

ist?» Achim schaute sie erwartungsvoll an.
«Ich bin Natascha und das ist meine Freundin Monika.»
Monika wandte sich dem anderen Typ zu und fragte ihn auch nach seinem Namen.
«I-i-i-c-h-h b-i-i-i-n ...»
Achim unterbrach ihn: «Das ist mein bester Freund Manni, er muss erst noch etwas warm werden. Das klappt gleich besser.»
«Also, wohin gehen wir?», wollte Achim wissen.
«Wir gehen ins *Livings* und wohin geht ihr?»
«Da genau wollten wir auch hin», lachte Achim und sein Freund schloss sich dem an.
Die vier betraten die Disco. Es lief tolle Musik, sie tranken gemeinsam und tanzten ausgelassen. Monika ging mit Manni auf Tuchfühlung. Natascha beobachtete dies mit einem Grinsen. Natascha schmiegte ihren Körper an Achim. Er genoss ihre Berührungen sichtlich und Natascha spürte sein erigiertes Glied. Ihre beiden Körper verflossen ineinander, es war so vertraut, dass sich Natascha fühlte, als würde sie ihn schon ewig kennen.
Sie tanzte ihn immer wieder an, suchte seine Nähe. Achim umfasste ihre Hüfte und zog sie nah an sich ran. Natascha näherte sich mit ihrem Gesicht langsam zu Achim's Mund. Sie schauten sich in die Augen und küssten sich innig. Eine halbe Ewigkeit küssten sie sich, während sie auf der Stelle tanzten.
«Du, sag mal, weißt du, wo Manni und Monika

sind?», sie lächelte ihn an, unschuldiger Augenaufschlag, Pflichtbewusstsein vortäuschend.
«Oh, gute Frage, keine Ahnung, ich war beschäftigt», greinte Achim.
«Lass sie uns suchen gehen!»
«Zu Befehl, Madam.»
Gemeinsam machten die beiden sich auf die Suche. Nirgends eine Spur von Monika und Manni, keiner hatte sie gesehen. Auch auf Anrufe reagierte Monika nicht. Achim versuchte auch Manni zu erreichen.
«Mist, das macht man doch nicht? Wieso haben die nicht Bescheid gesagt?», fragte Achim, bevor sie jeweils im Damen und im Herrenklo verschwanden, um zu schauen, ob die beiden dort eine Nummer schoben.
«Wieder nichts!» Achim hob die Schultern und machte ein ratloses Gesicht.
«Im Damenklo auch nicht! Lass uns noch eine Runde durch die Disko gehen, du rechts und ich links, und wir treffen uns am Eingang!»
«Okay, bis gleich, Süße!»
Am Ausgang trafen sie sich wieder.
«In der Nähe gibt's noch ein Fastfood Restaurant, komm wir schauen mal dort. Vielleicht wollten die in Ruhe quatschen», entschied Achim.
«Na hoffentlich, die bekommt echt den Marsch geblasen!», antwortete Natascha.
Achim musste lachen und wiederholte: «Geblasen, na, hoffentlich Manni und nicht Monika.»

«Das ist nicht witzig, Achim, die hätten Bescheid sagen können.»
«Da hast du recht», antwortete Achim und machte ein strenges Gesicht. Sie stellten sich an der Garderobe an, eine lange Schlange hatte sich gebildet, um ihre Jacken zu holen. Endlich waren sie an der Reihe.
«Hey, wo wollt ihr denn hin?», hörte Natascha von der Seite.
«Sag mal, wo seid ihr gewesen? Wir haben euch gesucht!»
Beide grinsten verlegen und Manni wurde etwas rot.
«Nein, das ist nicht euer Ernst! Wir haben uns Sorgen gemacht. Wieso habt ihr nicht Bescheid gegeben? Mensch, das war echt blöd!»
Achim nahm Natascha in den Arm: «Jetzt sind sie ja wieder da, also dann haltet ihr jetzt mal die Stellung und wir sind weg!», sagte er mit einem frechen Grinsen.
«Das ist nicht witzig, Monika», bremste Natascha ihre Freundin, die gerade lachen wollte.
Lang schaffte es Natascha nicht sauer zu sein und sie wollte unbedingt von Monika wissen, wie es war.
«Weltklasse, sag ich nur, er hat zwar seine Sprachstörung, aber er ist ein Hengst mit seinem Werkzeug.»
Natascha schaute Monika erstaunt an. *Hoffentlich bereut Monika das nicht, wenn sie morgen wieder nüchtern ist. Sie ist immer so anständig und brav,* dachte sie und

drehte sich zu Manni. Sie stellte sich ihn jetzt nur als wiehernden Hengst vor.
Sie schüttelte sich, er war nicht ihr Typ. Doch Achim war wirklich sehr lecker und seine Blicke ein Genuss.
Der Abend endete am frühen morgen. Die zwei Frauen fuhren zu Monika nach Hause, der Taxifahrer hatte sicher einen Schock, nach allem, was sich Monika und Natascha im Auto erzählt hatten. Er konnte sich nicht erinnern, wann er das letzte Mal bei einer Tour so viel gelacht hatte.

«Du Monika, ich muss ihn wiedersehen, ich weiß nicht, warum, aber ich finde ihn sehr interessant.»
Natascha und Monika hatten es sich im Bett bequem gemacht. Beide schliefen sehr schnell ein und erwachten erst in den Abendstunden wieder mit einem dicken Kopf und Monika hatte einen Filmriss, sie konnte sich an absolut nichts erinnern.
Natascha erzählte ihrer Freundin alles, was in der Nacht passiert war. Mit großen Augen sah Monika ihre Freundin an, ungläubig, wie nicht von dieser Welt. Ihre Augen füllten sich mit Tränen, liefen über und rannen in feinen Linien über ihre Wangen.
«Sag mir bitte, dass du das gerade erfunden hast, Natascha!», flüsterte sie.
«Doch, alles ist so, ich hatte mir schon gedacht, dass du es bereuen würdest, Monika. Aber du sagtest, er könne unglaublich gut mit seinem Werkzeug umgehen.»

«Oh nein, hör auf, bitte, ich habe Fred noch nie betrogen, wie soll ich ihm unter die Augen treten? Und wir versuchen seit Monaten eine Familie zu gründen und ein Baby zu bekommen.»
«Wie bitte? Davon weiß ich ja gar nichts! Wann wolltest du mir das erzählen?»
«Wenn es soweit ist, wir wollten der Frage ausweichen: und, hat es schon geklappt?»
Monika weinte. «Hast du die Nummer von Achim?»
«Ja, wozu brauchst du sie?»
«Ich möchte die von Manni haben!»
«Wozu? Er kennt Fred nicht, da kommt schon nichts raus!»
«Darum geht es ja auch nicht, aber ich verhüte nicht und muss von ihm wissen, ob wir ein Kondom benutzt haben.»
«Sag mir, dass das jetzt nicht dein Ernst ist! Ich glaub' das nicht. Bist du nicht immer die, die erzählt, wie viele Krankheiten hiermit übertragen werden können! Und sterben für zehn Minuten Spaß?»
«Ich weiß, Natascha», antwortete sie traurig. «Ich hoffe, er war vernünftig.»
Natascha wusste schon jetzt, dass er es nicht war, denn er war mindestens so betrunken gewesen, wie Monika, wenn nicht noch schlimmer.
Es stellte sich heraus, dass Natascha recht behalten sollte und Monika war fix und fertig. Nachdem Natascha Tom abgeholt hatte, ging sie schnell zur Apotheke, um für ihre Freundin die Pille danach zu holen.

Monika stand bereits mit einem Glas Wasser in der Hand im Türrahmen, als Natascha mit Tom ankam. Ohne ein Wort schluckte sie die Pille und legte sich mit ihrem Kater aufs Sofa. Natascha entschied, die kommende Nacht auch bei ihr zu schlafen, denn Fred würde erst am nächsten Tag anreisen.
Nun hatte diese Nacht eine merkwürdige Wendung genommen. Eine Nacht, die so schön und witzig war. Nun war alles anders.

Am nächsten Morgen hörten auch die Kopfschmerzen auf, dennoch war Monika sehr verändert.
«Weißt du, ich kann das nicht, ich sage Fred nachher, wenn er kommt, was ich getan habe.» «Nein, Monika, tu das nicht! Irgendwie habe ich das Gefühl, dass du es bereuen wirst.»
«Das alles war ein Fehler, ich hasse mich dafür. So dumm kann doch nur ich sein. Natascha, geh' jetzt bitte! Ich möchte ein wenig alleine sein, bevor Fred kommt.»
«Klar, kein Problem, muss eh mal wieder mit Tom nach Hause.»
Und sie machte sich mit einem unguten Gefühl auf den Heimweg. *Die Arme, das ist echt doof gelaufen,* dachte Natascha und schickte Monika eine SMS, ‚was auch ist, ich bin für dich da, vergiss das nicht!'
Eine Antwort bekam sie nicht.
Gegen 22:00 Uhr klingelte Nataschas Handy, Monikas Nummer hatte sie auf dem Display erkannt.
«Hey Monika und wie geht es dir?»

«Ich bin es Fred, das hast du ja toll hin bekommen, unser Leben stellt sich immer nur auf den Kopf, wenn du auftauchst! Lass uns in Ruhe, du bist kein Umgang für Monika. Kaum mit dir unterwegs und sie betrügt mich. Ich habe die Schnauze voll! Verschwinde aus unserem Leben.

Und mach deine Single Sauftouren mit Frauen, die nicht verheiratet sind.»

Dut dut dut.

Entsetzt hielt Natascha das Handy. Was war das denn? Sie verstand gerade nichts mehr. Was hatte sie damit zu tun? Hatte sie Monika ins Ohr geflüstert: «Lass dich vögeln?» Da hat er doch aufgelegt, bevor sie etwas sagen konnte.

Monika meldete sich nicht mehr bei ihr. Achim konnte das alles auch nicht verstehen. Er versuchte Natascha zu trösten und Manni beteuerte immer wieder, dass er Monika nicht hatte schaden wollen und es täte ihm so leid.

Und Monika meldete sich immer noch nicht bei ihr. Mehrmals rief sie bei Monika an, um zu hören, wie es ihr geht, jedoch nahm keiner den Anruf entgegen.

Drei Wochen später hatte Natascha von Monika einen Brief im Briefkasten.

Hallo Natascha,
meine beste Freundin. Tut mir so leid, dass ich das die letzten Jahre nicht mehr zu Dir sagte. Doch zu Dir kam Tom und zu mir Fred.
Ich gehe von dieser Welt. Es tut mir so leid, entschuldige bitte, aber ich sehe keinen Ausweg mehr für mich. Hier habe ich nichts mehr zu suchen. Ich war auch nie für diese Welt geboren, irgendwie. Mein ganzes Leben war einfach immer eine irrsinnige Anstrengung für mich. Nichts gelang mir leicht. Nicht so wie Dir, ich bewundere Dich für Deine Stärke. Alles war für mich so mühsam. Sogar das Weggehen von hier fällt mir noch schwer. Aber es muss jetzt endlich sein. Mit dem Gedanken lebe ich ja schon viele Jahre. Die Therapie hat mir nicht geholfen. So geht's nicht mehr weiter. Das ist meine Entscheidung. Es ist nicht nur der Job. Der trägt sicher eine Hauptschuld an meiner Entscheidung. Auch die Nacht und die damit verbundene Schuld gegenüber meiner Liebe Fred trägt die Schuld. Ich habe mir überlegt, was ich ändern kann? Was würde eine Kündigung bringen? Nur dass ich wieder in eine neue Firma eintrete, und nach einiger Zeit bin ich wieder in der gleichen Scheiße wie jetzt. Bis jetzt bin ich noch in jedem Job, den ich hatte, im Endeffekt in der Scheiße gelandet. Es ist alles meine Schuld: Ich bin zu schwach und zu weich für diese Welt. Und ich fühle mich nicht anerkannt. Ich fühle mich ignoriert, unakzeptiert, belächelt, nicht ernst genommen, man lässt mich nicht ausreden. Keiner hört mir zu, ich fühle mich ausgenutzt, ungeachtet und unbeachtet. Die,

die mich noch am meisten beachten, seid Ihr beide. Fred und Du. Und dann bin ich tatsächlich schwanger von Manni, weil Fred seit einer Woche das Ergebnis hat, dass er unfruchtbar ist. Wie kann ich von Manni das Kind bekommen? Ich kann das Baby nicht abtreiben und Fred auch nicht die ganze Wahrheit erzählen. Ich möchte mein Baby sxchützen, mit ihm im Himmel leben. Du weißt nicht, was es heißt, an überhaupt nichts mehr Freude zu haben. Ich wäre froh, ich hätte mehr von Dir. Ich habe vollkommen versagt. Irgendwie hat sich in meinem Leben immer alles gegen mich gestellt. Ich hätte diesen Schritt schon längst machen müssen. Dann hätte ich niemandem Schmerz verursacht. Der Preis dafür, dass ich solange damit gewartet habe, ist der, dass ich jetzt ein physisches Wrack bin, und dass ich Euch beide und auch meine Familie damit sehr stark verletze. Aber wenigstens kam ich endlich zu einer Entscheidung.
Meine Mutter hatte bemerkt, dass ich viel zu oft, viel zu viel trinke, doch hat sie mir das nicht vorgelebt?

Sorry, aber es muss sein. Wenn Du das liest, geht es mir auf jeden Fall besser. In dieser Welt wäre ich nie mehr glücklich geworden, und ich kann nicht mehr in den Spiegel schauen. Glaub mir, es ist besser so.
Wenn Du das hier liest, bin ich bei den Sternen und werde immer auf Tom und dich aufpassen.

Ich weiß, dass Du mich hassen wirst, dass ich Euch das angetan habe, aber ich wurde in diesem Leben eh von niemandem wirklich geliebt, ich bin es gewohnt auch gehasst zu werden. Am schlimmsten ist aber, wenn man gehört werden will, und niemand hört einem zu. Niemand akzeptiert einen. Das ist schlimmer, glaub ich, als wenn man gehasst wird!

So, ich will es nicht allzu lang machen. Glaub mir bitte, diese Entscheidung ist so schwer für mich! Aber ich kann nicht aus meiner Haut. Ich versuche das jetzt seit 20 Jahren, dass ich endlich aus meiner Scheiße raus komme. Als letztes Hilfsmittel machte ich die Therapie! Ich komme nicht weg von meinen Hemmungen, Ängsten, dem Alkohol, Unglücklichsein etc.. Und meine Umwelt ist mir dabei halt auch keine Hilfe. Vielleicht habe ich die falschen Freunde und den falschen Mann, den falschen Job, die falsche Firma. Ich weiß es nicht. Besser wäre gewesen, ich wäre nie geboren worden (das bemerkte ich schon als Kind). Erinnerst Du Dich, wir hatten ganz früher mal darüber gesprochen.

Es musste einfach so enden. Das ist eine logische Konsequenz und eine Folge von meinem Scheiß-Leben und meiner Schwangerschaft, einem unglücklichen Leben.

Trotzdem:

Freiheit heißt nur, dass man geh'n kann, wenn man will[7]

Tut mir so leid. Gerne hätte ich Tom heranwachsen sehen. Es soll halt nicht sein.

Aber hab ich mich ja auch viel zu wenig um Euch gekümmert. Immer war ich MIR wichtiger. Ich bin halt leider auch kein richtiger Familienmensch. Das ist alles

7 W. Ambros-Heite drah i mi ham

vererbt. Meine Mutter war schon ein ungeliebtes Kind. Ich war es auch.
So, jetzt ist Schluss. Gib Tom einen dicken Kuss von mir, ich habe Euch so lieb, ich weine jetzt grade soviel, ich will Euch nicht verlassen, aber ich kann nicht mehr♥ Das zukünftige Leben brächte mir nichts mehr, ich will meinen Standpunkt nicht verlassen.
Ich liebe Euch♥
Deine Monika

Natascha ließ den Brief fallen, griff nach Tom und ihrem Hausschlüssel und rannte los, zu Monika, sie dachte, sie könne sie noch aufhalten. «Bitte, lass mich rechtzeitig da sein!» Sie schrie und weinte, «bitte nicht, Monika, geh nicht! Wir bekommen das hin! Ich flehe dich an! Geh nicht.» Völlig außer Atem kam sie an, an dem Haus, wo Monika zu Hause war. Sie klingelte, doch es öffnete niemand. Mit beiden Fäusten schlug Natascha gegen die Tür und brüllte: «Öffne die verdammte Tür! Bitte, ich flehe dich an, geh' nicht!»
Sie sackte vor der Tür zusammen und weinte: «Geh nicht Monika, geh nicht.»
Tom hatte Angst und versteckte sich unter einer Tanne und weinte leise, er zitterte am ganzen Körper.
Natascha brüllte weiter nach Monika: «Mach die verdammte Tür auf! Los, mach schon, öffne die Tür!»

Ein Auto hielt vor der Garage, die Autotür öffnete sich: «Sag mal, was machst du hier, war ich nicht deutlich?»
«Fred, wo ist Monika?»
«Keine Ahnung.»
«Öffne schnell die Tür, es ist etwas Schreckliches passiert!
«Was ist los hier?»
Natascha riss Fred den Schlüssel aus der Hand und rannte zur Tür.
«Monika, wo bist du?»
Natascha rannte durch jedes Zimmer. Doch keine Antwort von Monika.
«Sei leise», rief Fred, «sie schläft bestimmt.»
Natascha rannte ins Schlafzimmer.
Sie sah die Tabletten auf dem Nachttisch und Monika im Bett liegen. Sie schüttelte den leblosen Körper.

Vor der Tür wimmerte Tom immer noch in der Hecke vor sich hin. Die Nachbarin sah ihn und setzte sich zu ihm auf den Boden. Antworten auf ihre Fragen bekam sie nicht. Doch die Frau kannte Tom und blieb einfach sitzen. Sie hatte mitbekommen, dass irgendetwas nicht stimmte. Der Krankenwagen raste mit Blaulicht vors Haus. «Komm, Tom, es ist so laut hier, lass uns bei mir ein Eis essen gehen.»

«Es tut mir leid», sagte der Notarzt und sah zu Monika.

«Nein, nein, beleben Sie sie wieder mit dem Gerät, bitte helfen Sie ihr. Lassen Sie sie nicht gehen, bitte ich flehe Sie an!» Natascha kniete sich vor den Notarzt. «Bitte helfen Sie ihr!»
Der Notarzt nahm ihre Hand. «Sie ist tot, es tut mir sehr leid. Wir waren zu spät.»
«Neiiiiin, das kann nicht sein. Nein, das kann doch nicht sein!», brüllte Natascha. «Wieso hast du das getan, Monika, was soll das? Du darfst nicht gehen, bleib bei mir! Lass uns nicht allein!» Natascha schüttelte ihre Freundin und brach dann weinend über ihr zusammen.
Fred hatte einen Kreislaufzusammenbruch. Die Nachbarin betrat das Zimmer und stieß ein: «Ach, du liebe Güte!» heraus! «Natascha, Tom ist bei mir, nur dass du Bescheid weißt.» Schnell ging sie wieder.
Es dauerte über drei Stunden bis der Leichenwagen angekommen war.
Natascha lag die ganze Zeit neben ihrer Freundin im Bett. Dann musste sie Abschied nehmen. «Monika, ich wünsche dir eine schöne Reise in den Himmel. Wir werden uns wiedersehen. Pass auf dich auf, jetzt bist du frei! Solltest du wieder kommen, suche mich, ich werde dich immer lieb haben!»
Natascha setzte sich auf die Treppe, betrübt sah sie dem Leichenwagen hinterher, nachdem die in schwarz gekleideten Männer Monika in den Wagen gebracht hatten.

Der Krankenwagen hatte im Vorfeld Fred mitgenommen. Er hatte Atemnot und Kreislauf Probleme. Natascha sah in den Himmel: «Papa, Monika kommt jetzt zu dir. Bitte lernt euch besser kennen, ihr werdet euch gut verstehen.»
Natascha weinte, zu groß war der Verlust zweier Menschen in der kurzen Zeit, die ihr viel bedeuteten.
Sie saß noch Stunden auf der Treppe und weinte.

«Natascha, trink das hier!» Wie aus dem Nebel vernahm sie die Stimme der netten Nachbarin. «Was ist das?»
«Baldrian, für deine Nerven. Das wird dir etwas helfen. Es tut mir so leid, Monika war eine tolle Frau.»
«Ja, das stimmt, aber sie selbst hat das nie wahrgenommen.»
«Ich muss leider zur Arbeit, bist du in der Lage Tom zu übernehmen.»
Natascha nickte und stand auf, sie ging mit der Nachbarin zu Tom.
Der Kleine wollte wissen, was mit seiner Mama nicht stimmte.
Natascha nahm ihn auf den Arm und machte sich auf den Heimweg. Sie nahm den Weg nicht wahr, wunderte sich, dass sie vor ihrer Haustür stand, öffnete und betrat mit Tom ihre Wohnung.

Für immer Putzen?

Nach dem ganzen Putzen und dem *nicht wirklich weiter kommen,* sowohl Privat als auch geschäftlich, suchte Natascha im Internet nach Antworten. Leider ohne Erfolg. Alle Seminare oder Kurse waren zu teuer. Es musste doch irgendwo etwas geben, das man sich leisten kann? Auch, wenn man kein Geld hatte! Gefrustet ergriff sie die Frauenzeitschrift auf dem Tisch neben ihr. Sie hielt die Zeitung in der Hand und schaute auf den Tisch. Die Rosen waren wirklich sehr schön, langsam öffneten sich die Knospen. Selten hatte Natascha so ein schönes Rot gesehen.
Sie schloss die Augen und atmete tief ein, dieser angenehme Rosenduft, einfach göttlich. Der nette Nachbar hatte sich in Natascha verschossen, er war toll und half ihr immer die Einkäufe in ihre Wohnung zu tragen. Natascha war schon leicht sauer, wenn er mal nicht da war, wenn sie vom Einkaufen kam. Und gestern stand er mit Blumen vor der Tür, sie hatte sich sehr darüber gefreut.
Inzwischen hatte Natascha gelernt sich verwöhnen zu lassen. Sie wollte keinen Playboy, sondern sie wollte erobert werden. Eine Mischung aus Macho und Gentleman. Sie stand, wie jede Frau, auf Aufmerksamkeiten und auf, Tür aufhalten.
Jäh wurde sie aus ihren Gedanken gerissen, als ihr die Zeitung herunter fiel. Rasch nahm sie das Papier wieder hoch und ihr stach ein Artikel ins Auge: *Coa-*

ching Seminar, erreichen sie ihr Ziel!
Natascha dachte, *da muss ich hin. Das kann ich mir sogar leisten! Das ist ja super!*
Kurz entschlossen meldete sie sich an und sorgte dafür, dass Tom für die Zeit untergebracht war.
Sie freute sich sehr auf die zwei Tage Seminar. Auf die Unterstützung auf ihrem Weg. Sie wollte etwas erreichen, wollte sich weiter entwickeln und andere Menschen unterstützen, es auch zu schaffen, einen neuen Weg zu gehen.
«Ich habe schon so viel gelesen und ich bin mir sicher, dass ich eine Aufgabe habe! Ich glaube, ich weiß auch schon, was! Und ich brauche noch Sicherheit!», erzählte Natascha euphorisch der netten Dame am anderen Ende des Telefons.
«Dann sind Sie bei diesem Seminar genau richtig, es wird Ihnen helfen, Ihren Weg zu finden.»
Natascha freute sich und verabschiedete sich mit den Worten: «Ja, dann bis nächsten Monat.»

Der Wecker weckte Natascha unsanft mit einem Höllenlärm. Sie musste viel früher raus. Tom musste versorgt werden, seine Sachen zusammen gepackt werden und dann ganz schnell in den Kindergarten gebracht werden.
«Nein, ich will nicht, mein Bett und ich wir lieben uns doch», knatterte sie vor sich hin und stand dann doch endlich auf.

Um neun Uhr fünfzig stieg sie die Treppen im Gebäude zum dritten Stock hinauf. Sie klingelte an der einfachen weißen Türe, die ein Mann öffnete. Natascha musterte ihn innerhalb von Sekunden. Er lächelte verbindlich: «Guten Morgen, ich bin Herr Weber, herzlich Willkommen. Treten Sie doch ein!» Natascha schmunzelte, denn Herr Weber erinnerte sie an die Fernsehsendung mit Steve Urkel. Herr Weber hatte die Anzughose bis unter die Brust gezogen.
Süß der Kleine, dachte sie und schaute in den Flur während sie ihm freundlich die Hand schüttelte. Der sehr helle Flur erinnerte sie an ein Krankenhaus. *Na prima, wo bin ich hier gelandet?,* schoss es ihr durch den Kopf. *Und das für 450 Mark, da hätte ich mir besser einen Urlaub gegönnt. So hart gespart.* Es nützte alles nichts, sie war jetzt hier, hatte den Kurs bezahlt und wollte das Beste für sich mit nach Hause nehmen. Pünktlich um 10:00 ging es los. Die nette Trainerin begrüßte die Teilnehmer und bat jeden sich kurz vorzustellen und zu erzählen, welche Erwartungen sie an das Seminar hatten.
Natascha war schon sehr aufgeregt und hatte einen trockenen Mund, als sie an die Reihe kam. «Guten Tag, ich bin Natascha Milauf. Habe einen 4-jährigen Sohn und möchte mich beruflich verändern. Wohin die Reise geht, weiß ich noch nicht sicher. Erwartungen an das Seminar, mmmh, das ist eine gute Frage. Ich glaube nicht an Zufälle, daher hatte es einen

Grund, warum mir der Flyer von diesem Seminar in die Hände fiel. Warum, werde ich morgen Abend wissen.», grinste Natascha zurückhaltend.
«Sehr schön», antwortete die Trainerin.
Die zwei Tage vergingen und Natascha schüttelte oft den Kopf, was soll denn das? Sie erzählt so viel Unsinn! Und Unwahrheiten! Wie kann sie denn erzählen, dass jeder sein kann, was er sein will? Das geht doch nicht?
«Dann sind Sie bei diesem Seminar genau richtig, es wird Ihnen helfen.», erinnerte sich Natascha an die Worte der netten Dame am Empfang.
«Ja genau, es ist genau richtig, denn es zeigt mir, dass es so nicht geht. Dass es einen Weg geben muss, den jeder für sich nutzen kann, die Wahrheit und nur die. Ich muss selber Seminare geben, das gibt sonst nichts hier auf Erden», lächelte Natascha.
Am Ende des Seminars standen alle Kursteilnehmer im Kreis.
«Bevor Ihr nach Hause geht, möchte ich wissen, ob Sie Ihre Antworten bekommen haben, die Sie brauchen, um einen Schritt vorwärts zu gehen.»
Natascha ergriff als Erste das Wort: «Ja, das habe ich, und außerdem hat sich meine Aufgabe heraus kristallisiert.»
«Und das wäre?»
«Wissen Sie, ich habe die andere Seite der Welt kennengelernt, Gewalt, Hunger, finanzielle Not, Tod und das Gefühl, alleine zu sein. Ich habe es ge-

schafft, ich habe es geschafft meinem Leben einen Sinn zu geben. Ich bin sicher, dass Frauen etwas ganz Besonderes sind und sie unheimlich viel erreichen können, doch leider haben Sie ein zu geringes Selbstwertgefühl, denken, sie sind nicht gut genug. Ich bin auf der Welt, Frauen zu unterstützen, ihnen zu sagen «steht auf» und zu zeigen, wie es gehen könnte, stellt euch gerade und geht. Schritt für Schritt, denn jeder dieser Schritte bringt euch näher zu eurem Ziel. Ihr schafft das.»
Die Trainerin und alle Teilnehmer klatschten und nickten wohl gesonnen zu den Worten von Natascha.

Nach dem Kurs kam eine Teilnehmerin zu Natascha. «Frau Milauf, ich finde das, was Sie gesagt haben, faszinierend! Immer denke ich, ich kann etwas nicht. Doch Sie haben mir Mut gemacht.»
«Sie finden Ihren Weg, da bin ich mir sicher», sagte Natascha. «Doch bitte nicht vergessen, ich meine Ihren Weg und nicht den von irgend wem.
Ihren Weg ...»

Was immer du tun kannst,
oder träumst, es zu können, fang damit an.
Johann Wolfgang von Goethe

«Geben Sie mir Ihre Adresse, dann gebe ich Ihnen die Information, wenn ich Details habe. Vielleicht besuchen Sie dann einmal ein Seminar bei mir!», lächelte Natascha und knipste das Auge.
«Frau Milauf, bitte warten Sie!», hörte Natascha, während sie sich ihre Tasche über die Schultern warf und in Richtung Tür startete.
«Ja bitte?», fragte Natascha. «Lassen Sie uns bitte noch einen Kaffee trinken. Ich würde mich gerne noch mit Ihnen unterhalten.»
Natascha nickte: «Sehr gerne.»
Auf einen Austausch hatte sie große Lust, vielleicht könnte ihr die Trainerin ein paar nützliche Tips geben. «Hallo, noch einmal, ich bin Brigitte!», sagte sie und streckte Natascha die Hand entgegen.
«Freut mich, ich bin Natascha.»
Gemeinsam kehrten die beiden in das Bistro auf der anderen Straßenseite ein.

Natascha stellte Hunderte von Fragen.
«Ich muss Sie alles fragen, vielleicht erleichtert mir das meinen Start. Und ich bin neugierig.»
Natascha zwinkerte Brigitte zu. «Aber ja, frag nur alles, was dir einfällt!»
«Wieso arbeitest du hier als Trainerin?»
«Weil ich als Selbständige nicht so viel verdiene. Große Firmen greifen gerne auf Trainingsakademien zurück, da fallen wir freien Trainer hinten runter. Aber ehrlich gesagt, das ist auch gut so. Ich bin kei-

ne Unternehmerin. Aber genug von mir, ich muss dir echt etwas sagen: Respekt für deine Entschlossenheit und deine Worte vor der Gruppe, ich finde du hast 100% Recht. Frauen sollten sich etwas trauen. Mut zur Stärke!», lachte Brigitte. «Ich finde, du hast eine Ausstrahlung, die ist fesselnd. Erzähl doch mal, was du machen möchtest.»
Natascha lachte: «Keine Ahnung, ich hab wirklich keine Ahnung wie, aber ich weiß, was ich will. Das «wie» finde ich ganz sicher noch raus. Welche Lizenzen oder Zeugnisse brauche ich denn?»
«Ach vergiss Studium oder irgendwelche Zertifikate. Die Menschheit hat nicht verstanden, dass es nicht um das geht, sondern um eine Fähigkeit. Darum geht es nicht heute und nicht in hundert Jahren! Die Fähigkeit Lebensstrategien weiter zuvermitteln kann man nicht erlernen, die hat man oder nicht. Ich kenne viele Kolleginnen und Kollegen die zum Beispiel Psychologie studiert haben und heute als Coach arbeiten und ganz ehrlich? Ich habe um jeden Angst, der sich bei denen in Beratung begibt. Unauthentisch und dumm, sage ich nur dazu. Oder noch besser, Beziehungsberater, die bereits zwei mal geschieden sind.» Beide lachten laut. «Die sind ja Weltklasse. Neulich habe ich ein Computer Seminar besucht und der Dozent konnte nicht einmal mit seinem Mobiltelefon umgehen!», ergänzte Brigitte. «Sag mir ehrlich, was du von mir als Trainerin gehalten hast?»

Wollte sie es wirklich wissen! Oh nein, wirklich?, dachte Natascha.

«Das möchtest du wissen?», fragte Natascha, um sich noch einmal zu versichern, dass sich Brigitte sicher war, diese Frage zu stellen.

«Ja bitte!», versicherte Brigitte.

«Ich fand den ersten Eindruck sehr angenehm. Er hat einige andere erste Eindrücke vergessen lassen. Du hast viele wahre Dinge gesagt, aber es wirkte gekünstelt. Das war nie im Leben dein Vortrag, ich habe gemerkt, dass du ihn gelernt hast, aber nie im Leben deine persönliche Einstellung ist! Warum fragst du mich nach meiner Meinung?»

«Ich halte viel von dir, weil du so kompetent wirkst. So, als ob du etwas bewegen könntest. Ich habe viele in meinen Trainings, aber nur ganz wenige mit dieser durchweg positiven Energie. Deine Meinung ist mir wichtig, weil ich von dir etwas lernen kann.»

«Danke! Und wozu machst du einen Job, der dich nicht glücklich macht?»

«Du hast völlig recht, ich mache nicht mehr, was mal meine Philosophie war. Ich bin faul geworden, aber das liegt sicher eher an meiner Unzufriedenheit.» Brigitte ließ ihren Kopf hängen.

«Warum bist du unzufrieden?»

«Ach, eigentlich gibt es dafür keinen Grund, sagt zumindest jeder, ich habe einen tollen Mann und eine ganz tolle Tochter. Verdiene gutes Geld und habe ein tolles Haus und nicht zuletzt einen tollen Hund.»

«Alles toll, also wo ist dein Problem?», hakte Natascha nach.
«Keine Ahnung, alles toll eben jeden Tag, ich gebe mein Bestes und das jeden Tag!», antwortete Brigitte und blickte in die Ferne.
«Was tust du für dich?»
«Wie? Was meinst du?»
«Ja, wie ich es sagte, was tust du für dich?»
«Das ist eine gute Frage! Dafür habe ich keine Zeit!»
«Wieso, bist du dir nicht wichtig?»
«Doch schon irgendwie.»
«Also, was tust du für dich?»
«Nichts, dafür blieb echt keine Zeit, neben Kind, Hausaufgaben, Arbeiten, Kochen, Haushalt, Garten und so weiter!»
«Was hast du aber gerne getan, bevor die ganzen Aufgaben auf dich zu kam?»
«Ich bin gerne zum Walken gegangen. Das hat mir Spaß gemacht, manchmal jeden zweiten Tag über eine Stunde!», ihre Gesichtszüge entspannten sich.
Natascha beobachte Brigitte. Diese bemerkte den merkwürdigen Blick.
«Was ist los?», wollte sie wissen und strich sich durch ihr Gesicht. Als hätte sie dort etwas, was Natascha bemerkt hatte.
«Brigitte, ich kenne dich jetzt seit zwei Tagen und jetzt gerade siehst du das erste Mal glücklich aus. Tue etwas für dich, gehe wieder zum Walken und du wirst dich wundern, welche Berge du versetzen

kannst. Du wirst wieder strahlen und leuchten. Voller Energie wirst du morgens sein und abends zufrieden einschlafen.»
«Mein Mann wird mich sicher für egoistisch halten, er nimmt sich ja auch keine Zeit für sich.» «Blödsinn, das glaub ich nicht und außerdem hat er auch etwas von einer neu ausgeglichenen Brigitte!», grinste Natascha verschmitzt. «Und außerdem hat das nichts mit egoistisch zu tun, sondern mit der Tatsache, dass, nur wenn du dich selbst liebst, kannst du auch andere lieben und nur, wenn du dir wichtig bist, können andere dir wichtig sein. Wie schon in der Bibel stand: Liebe deinen Nächsten wie dich selbst.»
Die Frauen schwiegen einen Moment.
«Wie witzig, ich sollte dich trainieren und jetzt hast du mir geholfen. Meine arme Tochter», lächelte Brigitte verlegen. «Vielen Dank, Natascha, das ist so wahr, was du sagst, du hast mir sehr geholfen, mich zu erinnern!» Brigitte lehnte sich zu Natascha und drückte sie. Etwas überrumpelt ließ Natascha es geschehen.

Zufrieden ging Natascha an diesem Abend nach Hause. Es war schon ein tolles Gefühl gebraucht zu werden und bevor sie weiter in der Zukunft schwelgen konnte, begrüßte sie Tom.
Mit Liebe und Freude, dass er noch wach war, nahm ihn Natascha auf den Arm.
«Phu, das geht nicht mehr lange, bald bist du zu schwer für die Mama», sagte sie ihm.

Sie verabschiedete die Babysitterin und legte sich mit Tom ins Bett.
«Schatz, du bist ein Engel in meinem Leben, ich danke Gott, dass er dich mir gesendet hat. Ich hab dich lieb, du kleiner Prinz.»
Tom gab seiner Mama einen Kuss und schob direkt hinterher: «lies mir eine Deschischte!»
Natascha lachte: Mein Schatz, ich erzähle dir eine …
Es war einmal vor langer, langer Zeit, da lebte …

Mit den ungeputzen Zähne des Vorabends erwachten beide am Morgen, glücklich und zufrieden. *Ich bin so dankbar für diese vielen Momente in meinem Leben, nicht die Vergangenheit, nicht die Zukunft, sondern die Gegenwart. Diese macht mein Leben lebenswert,* dachte Natascha, streckte ihren Körper und gähnte laut und zufrieden.
Diesen Tag verbrachten beide im Schwimmbad und Natascha musste feststellen, dass sie älter wurde. Tom wollte ungefähr eine Million mal rutschen. Er liebte Wasser.
Erschlagen legte sie sich am Abend aufs Sofa und recherchierte im Internet nach Trainern und Ausbildungsorte, wo sie eine Coaching Ausbildung machen konnte. Alles war so teuer, doch sie wollte ihren Weg gehen. Privat half sie schon vielen Menschen, aber wie konnte sie in diesem Bereich beruflich starten? Das war die große Frage. Endlich fand sie ein Institut, das ein Fernstudium anbot. «Das ist es, da melde ich mich an!»

Gesagt und getan. Natascha begann ein Fernstudium, um neben Beruf und Kind eine Coachingausbildung zu absolvieren. Hin und wieder gab es Wochenendkurse, jedoch die meiste Zeit konnte sie zu Hause lernen. Lesen machte sie zu ihrem Hobby und sie las und las. Sie wollte sich soviel Wissen aneignen, wie irgend möglich, um andere Menschen zu unterstützen.
Sie wurde Mitglied im Elternbeirat ihres Kindergartens und engagierte sich dort an Festlichkeiten und Anregungen für eine gute Entwicklung der Kinder. Sie gewöhnte sich an, immer etwas zu schreiben parat zu haben oder ihr Diktiergerät, somit konnte sie gute Ideen immer festhalten und eines Tages hatte sie die brennende Idee. Sie wusste, wie ihr erstes Seminar heißen sollte. Sie wusste, was der Inhalt sein sollte und sie setzte sich an den Computer, um genau dies festzuhalten. *Soft- Skills, als Schlüssel zum Erfolg! Sanfte Fähigkeiten! Das ist es, lets rock,* dachte Natascha und grinste.

Sie steht auf, es ist wieder Zeit für eine Pause. Natascha rückt den Schaukelstuhl zurecht. *Es ist einfach zu schön, alles. Ich erinnere mich immer gerne an früher, an die Zeit, als sich alles kehrte. Ich weiß, ohne Hintergrund kann keiner einen Vordergrund haben. Daher mache ich das ab und zu gerne, mal kurz zurückschauen. Das Seminar damals ist heute noch oft Basis meiner Arbeit. Es ist wirklich beein-*

druckend, wo die Reise hingeht. Mit diesen Gedanken schläft Natascha ein, während sie schöne Musik aus den Boxen genießt.
Pausen sind wichtig, und gerade mal 20 Minuten später erwacht Natascha wieder, erholt und ausgeschlafen. Sie weiß, dass es Zeit wird, der Verlag erinnert sie an ihr deklariertes Veröffentlichungsdatum und sie ist dankbar, dass der Verlag sie daran erinnert hat. Das Verrückte daran war, dass es natürlich Nataschas Ziel ist, dieses Buch fertig zu stellen. Nun gut, beim Gedanken an ihr Ziel steht sie auf und schlendert in ihre nach Gewürzen duftende Küche. *Ein leckerer Früchtetee, das wäre jetzt genau richtig. Eigentlich verrückt, dass die größte Motivation am morgen aufzustehen, der Gang zur Toilette war.*
Natascha schmunzelt, *wieso denkt sie jetzt gerade darüber nach?*
Mit dem frisch gekochten Tee betritt sie ihre Terasse und setzt sich auf den Liegestuhl. Sie holt tief Luft, deckt sich die Beine zu, platziert den Pc auf ihren Schoß und schreibt weiter.

Das erste Seminar stellte sich schnell zusammen.
Natascha wollte vermitteln, dass die Menschen Chancen haben, Großes zu erreichen, wenn sie herausfanden, was ihnen lag und was ihre Aufgaben in dieser Welt waren. Jeder Einzelne von ihnen konnte es schaffen, reich zu sein.

Doch was ist Reichtum? Natascha beschäftigte sich genau mit dieser Frage, als sie Kevin Goldberg kennenlernte. Er war ein sehr reicher junger Mann, jedoch nicht glücklich, wirkte immer irgendwie traurig und unzufrieden. Warum war er nicht glücklich? Er hatte so unglaublich viel Geld, konnte sich alles kaufen. Durch den Familienbetrieb war er bereits reich geboren worden. Seine Mutter hatte einen Sportartikel Konzern gegründet. Doch Kevin war einsam. Er hatte keine Geschwister, keine eigenen Kinder und keine Freunde. Er erfreute sich enorm an Tom. Sein Vater hatte Alzheimer und lebte in einem Altersheim, Kevin verkraftete es nicht, ihn bei sich zu betreuen. Seine Eltern hatten für ihn als Kind immer wenig Zeit gehabt und heute, wo sein Vater die Zeit hätte, vergaß er immer, wer er war. Kevin war reich, ja, aber unglücklich.

Kevin wollte Natascha heiraten. Sie waren beide unglaublich verliebt. Natascha hielt bereits ihre ersten Seminare und war oft geschäftlich unterwegs, Kevin hatte das nicht so gern, denn er wollte sie immer bei sich haben.
«Ich liebe dich, Natascha, und ich vermisse dich unheimlich, wenn du nicht bei mir bist!», sagte er ihr eines abends, als sie - nachdem Tom im Bett lag - es sich auf dem kuscheligen Sofa gemütlich gemacht hatten.
«Dann kannst du dich umso mehr freuen, wenn ich

wieder da bin», lächelte Natascha und umarmte ihn.
«Du verstehst mich nicht! Ich will nicht, dass du so oft weg bist! Ich will, dass du bei mir bleibst und dass wir alles zusammen machen!»
«Kevin, bitte hör auf damit, ich habe einen Job und du kannst mich doch nicht in einen Käfig sperren! Ich will diese Arbeit machen, das ist meine Berufung! Wobei ich das eher nicht als Arbeit ansehe. Ich möchte die Menschen unterstützen, die etwas in ihrem Leben verändern wollen, die das tun wollen, was sie lieben und ich bin da, um ihnen den Weg zu zeigen und das nicht morgen oder übermorgen, sondern heute. Lass mir die Chance, mich zu verwirklichen und stutze nicht meine Flügel.»
«Bleib doch mal auf der Erde und flieg nicht so hoch. Diesen Job können doch auch Andere machen! Du sollst einfach nur bei mir sein.»
Natascha schwieg, diese Diskussion führte zu nichts, Kevin wollte sie nicht verstehen. Aber wenn er bei ihr bleiben wollte, musste er es akzeptieren, sonst würde es Streit geben. Dann musste sie die Konsequenzen ziehen und ihn verlassen. Sie hatte keine Lust, sich wieder einsperren zu lassen. Zu sehr war ihr Leben mit Steve noch präsent.

«Wie oft arbeitete denn deine Mama früher?», wollte sie eines Tages von Kevin wissen.
«Lass uns nicht über meine Eltern sprechen!»
«Warum denn nicht? Ich würde gerne deinen Vater

kennenlernen, er gehört zu deinem Leben und ich bin ihm dankbar, das er dich gezeugt hat!» Natascha grinste und küsste Kevin zärtlich.
«Weißt du, ich war nicht geplant, sondern ein geplatztes Kondom. Das hat mir mein Vater oft gesagt!»
Natascha war erschrocken über die hart klingenden Worte.
«Das sagte er doch sicher im Spaß, ich kann mir nicht vorstellen, dass er das ernst gemeint hat!», wollte sie das Gesagte entkräften.
«Das dachte ich auch, bis meine Mutter mir mitteilte, dass ich ins Internat gehen müsse. Ab dem Tag der Einschulung war ich nur zu Besuch zu Hause, bei mir fremden Menschen. Sie waren da, wenn ich ankam und wenn ich wieder fuhr, um mir zum Abschied zu winken. Deshalb bin ich auch nicht so oft bei meinem Vater. Die Krankenschwester sagte mir, ich solle mit ihm über schöne Momente sprechen, das würde die Erinnerung vielleicht schneller zurückbringen. Doch was bespreche ich da mit ihm, ich kann mich an keine schönen Momente erinnern.» Kevin schwieg eine Weile. «Meine Eltern konnten nicht gut mit ihrer Zeit haushalten und die Arbeit war alles für sie.»
Während Kevin erzählte lief Natascha eine Träne über die Wange, sie konnte es nicht verhindern. Sie schaute aus dem Fenster und suchte nach den passenden Worten um Kevin zu unterstützen. Ihre

Augen hefteten sich an eine kleine Ameise, die angestrengt versuchte, einen Krümel zu transportieren. Sie gab alles, wirklich alles.
Natascha bewunderte ihre Kraft, die sie aufbrachte, der Krümel fiel hinunter. Die kleine Ameise ging zurück und hob ihn wieder hoch. Es dauerte lange, denn der Krümel war fast größer als ihr Kopf. Jetzt ging es recht gut. Die Ameise kam gut voran. Natascha ging ein paar Schritte näher ans Fester, um die Ameise besser beobachten zu können. *Ein Mensch wäre jetzt ordentlich ins Schwitzen gekommen. Die kleine Ameise brachte der Königin Futter, vermutlich ihr Leben lang.*
Ein kleiner Grünspecht ließ sich auf einem Ast des Baumes nieder, der direkt neben der Fensterbank stand. Natascha kippte den Kopf leicht zur Seite: *Der kleine Kerl ist zu niedlich mit seinem roten Köpfchen und seinen grünen Federn auf seinem Rücken.*
Der kleine Grünspecht hoppelte rüber zur Fensterbank. «Nein, er frist die Ameise!», stieß Natascha aus. Doch bevor sie das Fenster öffnen konnte, um ihn zu verscheuchen, fraß er die Ameise. In dem Moment ging Natascha ein Licht auf. *Ich hätte der Ameise nicht helfen können. Das ist die Natur.*
«Die Menschen sind der Arbeiterameise ähnlich,» sagte sie zu Kevin. «Der Mensch arbeitet fleißig, dient einem Menschen oder einem Konzern, der im Idealfall seine Werte auch gut vergütet. Er tut dies für oft über 40 Jahre. In der Zeit behandelt er sei-

ne Lieben nicht immer gut und oft sich selbst auch nicht. Er macht selten Dinge, die ihm Spaß machen, weder Privat noch Geschäftlich. Der Mensch tut dies jeden Tag. Geht zur Arbeit, wenn die Kinder aufstehen und kommt, kurz bevor sie im Bett liegen. Dann ruht er sich aus, geht ins Bett, schläft und morgens steht er wieder auf und das jeden Tag. Er weiß, das ist es nicht und wird unzufrieden und wenn er nichts an seinem Leben ändert, wird er krank. Er zahlt brav seine Steuern, seine Krankenkasse, ist fleißig, und hat in der Regel keinen Spaß! Aber keinen Spaß haben, bedeutet auch, in Depressionen zu verfallen. Viele psychosomatische Erkrankungen entstehen aus Frust und Unzufriedenheit. Manchmal bekommen Frauen gar nicht erst Kinder, weil sie sich mit ihrem Beruf so verflochten haben. Freunde werden weniger. Keine Zeit. Familie stirbt, viel zu oft lebt man im Streit oder im Stress. Keine Zeit. Dann kommen die Menschen in die Rente, sie werden nicht mehr gebraucht. Nun haben sie viel Zeit.

Und Kinder, wie du, Kevin, haben gelitten, tragen dieses Leid. Sind ein Produkt der ständig überforderten Eltern. Vielleicht hat deshalb die Alzheimer deines Vaters einen so großen Besitz über ihn gewonnen. Er möchte die Erinnerung nicht zulassen. Denn er hat Zeit seines Lebens nie getan, was er wollte, er dachte, die Arbeit wäre alles und nun weiß er, die Zeit läuft ab. Sein Konto wird nicht wieder aufgefüllt, nicht in diesem Leben. Er hat keine

Interessen, das war immer die Arbeit und keinen mehr, der ihn liebt. Dafür blieb ja nie Zeit. All die Verbitterung macht ihn nicht frei! Lass ihn gehen, um es selbst besser zu machen. Geh zu ihm und sag ihm, dass du ihm verzeihst und dass du ihn liebst.»
Kevin schaute Natascha an und nickte. Er verstand nicht genau, was Natascha meinte, aber er fühlte, dass er es tun sollte. Natascha verließ den Raum und wählte die Nummer ihrer Eltern.
«Hallo Mama, können wir uns treffen? Wann hast du Zeit?»
Verdutzt antwortete Nataschas Mutter: «Hallo, mein Kind, wir können uns nächsten Samstag treffen, da habe ich Zeit!»
«Super, das passt gut. Ich bin dann so gegen drei Uhr bei dir! Mach's gut, bis Samstag dann.»
«Auf Wiedersehen, mein Kind, bis Samstag.»
Danach wählte sie die Nummer von Steve: «Hallo Steve, wie geht es dir?»
«Was willst du?»
«Ich freue mich auch, dich zu hören!», scherzte sie. «Tom's Geburtstag steht an. Hast du Lust, dass wir ihn gemeinsam feiern?»
«Warum?», wollte Steve wissen.
«Weil wir nur begrenzte Zeit in diesem Leben haben. Ich verzeihe dir und auch mir. Ich glaube, dass ich dich gebraucht habe, damit ich die werden konnte, die ich heute bin und dafür danke ich dir und ich danke dir für Tom, er ist großartig. Und er

wird sich sicher Mega freuen, wenn wir gemeinsam mit ihm feiern, mit Mama und Papa. Wir sind erwachsen Steve, die Vergangenheit ist vorüber, wir sind keine Kinder mehr, darum sollten wir uns auch so verhalten. All das Geschehene ist Vergangenheit. Jetzt zählt nur noch die Gegenwart, und das jede Sekunde unseres Lebens! Also wie schaut es aus? Es gibt einen tollen Indoorspielplatz. Soll ich dort einen Tisch reservieren?»
Einen Moment hörte Natascha, wie Steve atmete, so, als hätte er eine große Last zu tragen: «Sehr gerne, Natascha, es tut mir alles sehr leid. Ich würde es gerne wieder gut machen.»
«Das musst du nicht, sei nur gut zu Tom. Mir musst du nichts beweisen. Wir sehen uns dann am Sonntag dort gegen 14:00, geht das klar? Kann ich Tom sagen, dass du zu seinem Geburtstag kommst?»
«Gerne Natascha, bis Sonntag, ist Tom in der Nähe? Kann ich ihm kurz Hallo sagen?»
«Klar, Moment: Tom, der Papa ist am Telefon!» Tom kam angerannt, riss seiner Mutter das Telefon aus der Hand und rannte in sein Zimmer.

Natascha atmete tief durch. Es war erleichternd, endlich die Worte ausgesprochen zu haben, die sie immer schon hatte sagen wollen, es sich aber nicht zugetraut hatte. Von diesem Moment an wusste sie, dass Steve keine Macht mehr über sie hatte. Jetzt war sie frei.

Am kommenden Samstag machte sich Natascha auf den Weg zu ihren Eltern. Sie hatte sie seit sehr, sehr vielen Jahren nicht mehr gesehen, seit sie in die Obhut des Jugendamtes gekommen war. Ihre Mutter öffnete die Tür.
«Hallo Mama! Wie geht es dir?», wollte Natascha wissen und reichte ihr die Hand.
Die Mutter zog Natascha zu sich, nahm sie in den Arm, drückte sie und antwortete: «Jetzt geht es mir wieder gut, mein Kind. Du bist hier und das ist alles, was zählt.»
«Ich habe dich im Fernsehen gesehen, Natascha. Läuft gut deine Arbeit, nicht war?»
«Du weißt, was ich arbeite?»
«Ja», antwortete ihre Mutter, «wir haben uns auch deine Webseite angesehen. Wollte dich schon lange anrufen, aber ich habe mich nicht getraut. Wusste nicht, was ich hätte sagen können.» Betreten heftet ihre Mutter den Blick auf den Boden.
«Mama, es ist in Ordnung, ihr musstet so handeln. Ihr ward überfordert. Ich war ein freiheitsliebender Mensch und ein dafür kämpfender Jufendlicher. Heute kann man sich für alles Hilfe nehmen, doch das gab es früher noch nicht. Aufgeben ist nicht das Schlimmste, schlimmer ist, nach einem Sturz nicht wieder aufzustehen. Ihr habt euch Hilfe geholt, das ist Größe. Ich verzeihe euch. Ich habe sehr viel gelernt und ich habe meinen Vater kennengelernt.»
«Warum willst du uns verzeihen?», wollte ihre Mut-

ter wissen. Aus ihrer Stimme konnte man hören, dass sie sich selbst nicht verzeihen konnte.
«Ich war schlampig, mit meiner Einstellung zum Leben, mit Männern, mit meiner Zeit und mit meinem gesamten Leben. Ich lebte mit einer Einstellung, die mir nicht dienlich war. Habe viel Dummes gemacht und erlebt und war unglaublich dämlich, dachte, ich könne nur mein Selbstwertgefühl über die Eroberung von Männern stärken. Ich habe sie benutzt, damit es mir besser ging. Alle sollten sehen, was ich für eine tolle Frau bin. Je länger diese Irrfahrt dauerte, desto verbitterter wurde ich. Aber das bin ich heute nicht mehr. Jeder macht Fehler und unsere Zeit ist zu kurz, um immer verbittert zu sein. Wir haben nur dieses eine Leben und das werde ich nutzen. Ohne Verbitterung, denn die macht krank. In meinem Herzen ist eine große Liebe entstanden, eine Liebe zu mir, meinem Kind, den Menschen, die mich unterstützt haben, mich weiterzuentwickeln. Weißt du, Mama, Gott hat uns einen freien Willen gegeben und die Macht, schöpferisch tätig zu sein und das nutze ich. Jeder Mensch ist selbst seines Glückes Schmied. Jeder hat die Chance aus seinem System auszubrechen und neue Erfahrungen zu machen. Durch meine Art zu denken und zu handeln, bin ich reich geworden, durch meine Vorstellungskraft, etwas zu erreichen, das meinem Leben einen Sinn gibt. Ich will immer gesund bleiben und gesund leben, will die Liebe als Hauptfigur in mein

Leben stellen. Ich liebe euch, dich, deinen Mann und Papa, weil ich euch dankbar bin. Du und Papa haben mir das Leben geschenkt. Nur so konnte und kann ich einen Beitrag in dieser Welt leisten. Das ist, was das Leben lebenswert macht. Sei nicht so streng mit dir. Ich verzeihe euch.» Wortlos umarmten sich Mutter und Tochter.

Gott, gib mir die Gelassenheit, Dinge hinzunehmen,
die ich nicht ändern kann,
den Mut, Dinge zu ändern, die ich ändern kann,
und die Weisheit,
das eine vom anderen zu unterscheiden.
Reinhold Niebuhr

Als Natascha im Auto saß, auf dem Weg um Tom abzuholen, merkte sie, wie der Ballast von ihr abfiel. Sie fühlte sich leicht, wie eine Feder und grinste zufrieden. Es war so schön, zu lieben und zu verzeihen.

Sie war nicht immer mit ihren Eltern einer Meinung, aber das musste sie auch nicht. Das war sie auch nicht bei ihrem leiblichen Vater, aber das konnte sie heute akzeptieren. Denn jeder hatte seine eigene Wahrheit über das Leben.

«Natascha, du schaust zufrieden aus, was ist passiert?» Kevin hatte schon ungeduldig auf sie gewartet.
Natascha lächelte: «Ich räume auf, in meinem Leben, und vergebe. Das ist sehr gut.»

Natascha und Kevin hatten schöne und schlechte Zeiten miteinander. Kevin war einfach zu eifersüchtig. War sie unterwegs, läutete ununterbrochen das Telefon. Gingen sie zum Tanzen, war er auf jeden Mann, den Natascha ansah, eifersüchtig und nicht selten folgte danach ein hitziger Streit mit bitteren Vorwürfen. Allein zu Hause in trauter Gemeinsamkeit konnte sich Natascha entspannen, denn da wurde sie von Kevin verwöhnt. Er kochte für sie, nahm sie zärtlich in seine Arme und sie verbrachten traumhafte Stunden. Immer wieder sprachen sie über das Prinzip, ein glückliches Leben zu führen. Und dass jeder einzelne Mensch für sich selbst verantwortlich ist, auch dafür, glücklich zu sein. Auf diese Weise wünschte sich Natatscha, dass Kevin seine Eifersucht in den Griff bekam.

«Natascha, du machst mich so glücklich!»
«Kevin, kann es sein, dass du glücklich bist, weil du in mich verliebt bist? So wie das bei allen Verliebten der Fall ist. Wenn du mal gerade wieder eifersüchtig bist, was bist du dann?»
«Dann bin ich unglücklich!»

«Also mache ich dich dann glücklich?»
«Nein, dann könnte ich dich schütteln. Ich bin dann furchtbar wütend, weil du deine Zeit nicht mit mir verbringst.»
«Kannst du dir vorstellen, dass du auch alleine glücklich sein kannst?»
«Nein!»
Natascha merkte, dass Kevin zu sich selbst finden musste und ihr wurde in diesem Moment klar, dass sie keine gemeinsame Zukunft hatten.
Sie mochte ihn gern und wünschte sich für ihn, dass er mehr Selbstliebe entwickelt.
«Da, schau mal, ich schenke dir ein Buch. Du würdest mir eine große Freude machen, wenn du es liest. Und wenn du es zulässt, wirst du sicher einige Erkenntnisse bekommen.»
«Danke, dir, Natascha. Ich denke, es ist besser, wenn ich jetzt gehe, bis bald.»
Natascha verabschiedete sich von Kevin und begleitete ihn zur Tür.

Sie sahen sich einige Zeit nicht. Das hatten sie so vereinbart. Kevin musste sich auf sich selbst besinnen und Natascha brauchte eine Auszeit. Zu sehr nahmen sie die Auseinandersetzungen mit, wenn Kevin mal wieder eifersüchtig war und ihr die Hölle heiß machte.
Eines Tages, es war ein Sonntagnachmittag und die Sonne schien aus dem wolkenlosen Himmel heiß

auf die Erde hinab, schneite Kevin bei ihr vorbei.
«Ich muss mit dir reden!», sagte Kevin sehr ernst, nachdem er Natascha begrüßt hatte.
«Gerne, was gibt es denn, Kevin?» Natascha war neugierig, was Kevin so Wichtiges zu besprechen hatte.
«Deine Worte haben mich sehr bewegt. Ich werde meine Firma verkaufen und mich auf eine Reise begeben. Ich muss zu mir finden und wissen, wer ich bin und warum ich auf dieser Erde bin. Wohin, weiß ich noch nicht, aber ich will einen Tapetenwechsel.»
«Du weißt aber, dass ich dich nicht begleiten kann?»
«Ja, das weiß ich, doch ich muss diese Reise machen, und ich weiß, dass ich sie allein machen muss!»
Natascha lächelte, nahm seinen Kopf in beide Hände und küsste ihn intensiv, so wie noch nie zuvor. Er war nun ein Mann, der wusste, was er wollte.
«Ich bin dir unendlich dankbar und werde dich immer lieben. Aber hier komme ich nicht weiter!»
«Das ist absolut in Ordnung und das Beste für dich. Du bleibst in meinem Herzen und meine Wünsche werden dich begleiten. Hab Freude und Spaß und finde dein Glück, denn wir sind hier auf der Erde, um glücklich zu sein.»
Sie streichelte liebevoll sein Gesicht.

Kevin ging. Er drehte sich nicht mehr um, zielstrebig und mit kraftvollen Schritten entfernte er sich von Natascha. Sie sah ihm nach, und sie wusste, dass er nie mehr zu ihr zurückkommen würde. Er wurde immer kleiner, bis seine Silhouette am Horizont verschwand. Es war zu Ende und doch fühlte es sich wie ein Neuanfang an. Sie war traurig und auch glücklich. Sie war ihm dankbar, dass er ging, schaffte er doch dadurch einen Raum für Neues. Sie hatten keine gemeinsame Zukunft, hatten beide voneinander sehr viel gelernt und das war alles, was zählte. Niemand sollte sich aufgeben für jemanden anderen.

Wenn es passt, dann passt es irgendwann, das war klar und Natascha sah mit froher Erwartung auf ihre Zukunft.

Natascha dreht ihren Kopf und schaut an die Wand. Dort hängen alle Karten, die sie in den letzten Jahren von Kevin geschickt bekommen hatte.
Karten aus der ganzen Welt. Sie dreht die letzte Postkarte und liest: *Liebste Natascha, ich bin Dir über alle Maßen dankbar. Heute bin ich wirklich reich, denn ich bin glücklich. Dank dir! Ich werde Papa einer kleinen Tochter. Wir möchten sie Taschi nennen. Meine Freundin und ich würden uns sehr freuen, wenn du uns einmal besuchen kommst.*
Natascha hatte vor Rührung Tränen in den Augen, als sie die Karte bekam. Kevin hatte sie immer Taschi genannt. *Ich freu mich so, dass er glücklich ist.* Sie drückt die Postkarte auf ihre Brust und hält sie fest.

Wirklich reich ist man, wenn man seine Zeit nutzt, sie ist ein Geschenk in dieser Welt. Wenn wir die Zeit nutzen, die wir haben, werden wir reich sein.
Ab dem Tag, an dem wir glücklich sind und dies auch ausstrahlen, werden wir es nicht aufhalten können, dass wir auch materiellen Reichtum erzielen.
Dies ist Teil ihrer Seminare, die sie heute noch erfolgreich umsetzt.

Natascha steht auf, zieht ihr Kostüm an, ihre hautfarbenen Strümpfe, ihre beige Bluse und einen passenden schwarzen Blaser. Sie will ins Büro. Sie verlässt ihr Haus und geht zu ihrem Auto, welches im parkähnlich angelegten Hof geparkt war.
Ihr Trainingszentrum wird stark frequentiert, sowohl von Privatpersonen als auch von Wirtschaftsleuten. Heute stand ein Meeting mit ihrem neuen Assistenten an. Er sollte in seine neuen Aufgabengebiete eingearbeitet werden. Natascha freut sich. In die engere Auswahl kam er, weil er sowohl auf seinen Kleidungsstil geachtet und natürlich mit Fleiß geglänzt hatte.

Es war seine Erfüllung und er wollte unbedingt Assistent von Natascha sein. Er verkörperte *ohne Fleiß keinen Preis*. Er war nicht nur sehr fähig, sondern auch sehr attraktiv.
Das Auge isst ja bekanntlich mit. Der Tag war

schneller rum als sie sich dies gewünscht hatte. Die nette Reinigungskraft öffnete am Abend die Tür des Besprechungsraumes.
«Oh, entschuldigen Sie die Störung.»
«Nein, nein, schon okay. Wir sind fertig.»
«Ich freue mich auf eine angenehme und erfolgreiche Zusammenarbeit!» Mit diesen Worten entließ sie ihren neuen Assistenten, der ihr noch einen schönen Abend wünschte und bemerkte, dass er über sein Mobiltelefon immer zu erreichen wäre.
«Wow, Frau Milauf, der junge Mann ist aber sehr hübsch», bemerkte die Putzfrau.
Natascha grinste: «Ja, nicht wahr? Ich wäre am liebsten ohne Rock ins Büro gekommen.» Die Frauen lachten.

Zufrieden verließ Natascha ihr Zentrum und grinste. Sie fuhr zu ihrem Lieblings-Italiener, wo sie früher mit Monika zum Essen gegangen war. Sie setzte sich an den gleichen Platz und war Monika so nah. Noch heute hatte er exakt die gleiche Innenausstattung.
Sie bestellte ein Glas von dem teueren guten Wein.
Heute kann ich mir die Dinge leisten die ich möchte, dachte sie so, als sie an dem leckeren Wein kostete. Doch das Finanzielle war es nicht, sondern das Gesamtpaket. Sie erinnerte sich an unvergessene Momente, wie zum Beispiel der Schnorchelausflug mit ihrem Sohn, er war nicht teuer, sondern kostbar.

Sie hatten eine unvergessene Zeit zusammen verbracht.

Diese Momente gab es öfter und Natascha war dankbar für jeden dieser kostbaren Momente.

Leben	=	Glück
Glück	=	Glücklich
Glücklich	=	Gesundheit
Gesundheit	=	lange leben und lieben

Natascha lehnt sich zurück. Das ist das Geheimnis des Lebens. Die Zeit besonders, wertvoll und erfüllt zu nutzen. Die Gegenwart und die Zukunft als Geschenk zu sehen und jede der Sekunden daran zu denken und alles was man macht, bewusst zu tun. All dies ist eines der großen Geschenke des Lebens.

Das Beste zum Schluss

Gedankenverloren wiegt Natascha ihren Füller in der Hand. Sie überlegt, was sie schreiben, und wie sie es formulieren soll. Sie atmet noch einmal tief durch, nimmt einen Bogen elfenbeinfarbenes Büttenpapier aus der Schublade ihres Sekretärs, ein antikes Kleinod aus dem Jugendstil, und beginnt:

Liebe Frau Sonnentag,

verzeihen Sie mir, dass ich Ihnen heute erst antworte. Ich war sehr beschäftigt damit, mein Buch zu schreiben. Geplant war es schon länger, aber erst ihr Brief brachte mich dazu, dieses Vorhaben endlich in die Tat umzusetzen und zu Ende zu bringen. Dafür danke ich Ihnen von ganzem Herzen. Ich habe Ihnen eines meiner Exemplare dazu gelegt und wünsche Ihnen viel Spaß beim Lesen.

Selbstverständlich möchte ich Ihnen auch auf Ihre Anregungen antworten. Vorab möchte ich Ihnen versichern, dass ich nicht glaube, dass Sie sitzen gelassen werden wollten, aber ich glaube, Sie wollten die Beziehung nicht wirklich, Irgendetwas hat diese Verbindung blockiert. Vielleicht sind sie bereits zum jetzigen Zeitpunkt froh darüber.

Mir passierten auch viele Dinge im Leben, die leider nicht so liefen, wie ich es erhofft oder erwartet hatte. Dennoch ging mein Leben weiter. Jede Narbe auf meinem Körper musste geschehen, jede Narbe auf meiner Seele. Jede Falte in meinem Gesicht steht für eine tolle Zeit auf der Erde.

Grundsätzlich gilt, Sie haben es in der Hand, fangen Sie mit der Veränderung an, mit der Person, die Sie jeden Tag im Spiegel sehen.

Nein, Sie können auch nicht alles sein, was sie sein wollen, aber sie können ihr Leben mit Leben füllen und erreichen damit Dinge, die Sie nie für möglich gehalten haben.

Alle Weisheit der Welt nutzt nichts, wenn man die Zeit, die man hat, nicht sinnvoll nutzt. (Doris Parrado)
Ich hatte viele harte Jahre mit Gewalt und Hunger. Doch ich wollte etwas verändern. Heute lebe ich sehr gut, ja, ich habe einen Partner und eine tolle Familie. Aber nur, weil ich mich verändert und meinen Opferstandpunkt aufgegeben habe.

Es ist hart und oft will man aufgeben, aber wer aufgibt hat verloren. Bleiben Sie stark, stark für sich selbst und Ihre Kinder. Geben Sie nicht auf! Ich bin mir sicher, Sie schaffen das. Sie haben drei Kinder. Wie ist es, wenn Sie zu ihnen kommen und sie fest in den Arm nehmen, sich mit ihren kleinen Händen umarmen zu lassen und sie küssen? Ist das nichts, was Ihr Leben lebenswert macht? Nicht jeder muss eine Top Managerin sein oder das als Ziel haben, es kann auch nicht jede eine Top Mama sein.

Seien Sie das, was Sie in Ihrem Leben glücklich macht und genießen Sie die Zeit, die Sie haben. Nur so werden Sie positiver sein und das Positive in Ihr Leben ziehen!

Ich kann Ihnen kein Rezept nennen dafür, aber ich weiß, es gibt einen Weg, wenn Sie in sich hineinhorchen, Sie allein haben die Antwort in sich!

Würde mich freuen wieder von Ihnen zu hören!

Alles Gute für Sie auf der Suche nach Ihrem Glück und Ihrem Reichtum.

Herzliche Grüsse

Natascha Milauf

Gedankensplitter

Ich glaube daran, dass alles, was passiert seinen bestimmten Grund hat.

Manche Menschen verändern sich, damit du lernst, jemanden gehen zu lassen.
Menschen, die gehen, machen Platz für neue Menschen in deinem Leben.
Dinge laufen falsch, damit du die Wichtigen schätzen lernst.
Lügen glaubst du nur, um daraus zu schließen, dass du nicht jedem vertrauen kannst.
Manchmal müssen auch gute Dinge vorbei gehen, damit Bessere folgen können.
Glück, Erfolg und Zufriedenheit finden sich, sobald wir lernen, bewusster zu leben und zu überlegen, was wirklich wichtig ist.
Neid und Missgunst bringt uns nicht weiter.

Dazu fällt mir eine Geschichte ein:

Ein alter Indianer sitzt mit seinem Enkel vor seinem Tipi. Er beugt sich zu seinem Enkel und sagt:
«Weißt du Junge, in meiner Brust kämpfen zwei Wölfe. Der Wolf der Güte und Freundlichkeit und der Wolf des Neides und der Missgunst.»
Der Junge zu ihm: «Und Opa, wer gewinnt?»
«Das ist einfach, mein Junge: Den Wolf, den ich füttere!»

Lebe, lebe bewusst und lebe dein Leben! Folge deinem Ziel und deinem Weg. Nur so wirst du Millionär.
Dir wird das Glück zu Füßen liegen. Alles wird laufen, wie du es dir erträumst. Denn weil DU es dir genau so erträumst.

Gib acht auf deine Gedanken, denn sie könnten eintreffen.

Alle Weisheit der Welt nutzt nichts,
wenn man die Zeit, die man hat,
nicht sinnvoll nutzt.
Doris Parrado

Ich wünsche Ihnen einen schönen Tag.

Vorankündigung Ende 2013

Gewiss ist es fast noch wichtiger, wie der Mensch
sein Schicksal nimmt, als wie sein Schicksal ist.
Alexander von Humbold 1769 - 1959

Hier haben Sie Platz für Ihre Notizen:

Hier haben Sie Platz für Ihre Notizen:

Hier haben Sie Platz für Ihre Notizen:

Hier haben Sie Platz für Ihre Notizen: